MÁS CERCA

KRISTI GOLD

HARLEQUIN™

Editado por Harlequin Ibérica.
Una división de HarperCollins Ibérica, S.A.
Núñez de Balboa, 56
28001 Madrid

© 2014 Harlequin Books S.A.
© 2015 Harlequin Ibérica, una división de HarperCollins Ibérica, S.A.
Más cerca, n.º 123 - 25.11.15
Título original: From Single Mom to Secret Heiress
Publicada originalmente por Harlequin Enterprises, Ltd.

I.S.B.N.: 978-84-687-6651-5
Depósito legal: M-28048-2015
Impresión en CPI (Barcelona)
Fecha impresion para Argentina: 23.5.16
Distribuidor exclusivo para España: LOGISTA
Distribuidor para México: CODIPLYRSA
Distribuidores para Argentina: Interior, DGP, S.A. Alvarado 2118.
Cap. Fed./Buenos Aires y Gran Buenos Aires, VACCARO HNOS.

MAY - - 2016

Capítulo Uno

Menuda forma de llegar a finales de abril… casi sin blanca y con una fuga en las cañerías.

Pero la suerte de Hannah Armstrong estaba a punto de cambiar. Veinte minutos después de hablar con la compañía y de que le aseguraran que intentarían mandar a un fontanero, llamaron a la puerta.

Salió de la minúscula y anegada cocina y cruzó el comedor sobre las toallas que cubrían el suelo inundado. En el salón esquivó otro obstáculo, un descapotable de juguete de un horroroso color rosa y una colección de vestidos para muñecas.

–Cassie, cielo, tienes que recoger los juguetes antes de irte a dormir a casa de Michaela –gritó de camino a la puerta.

Al instante recibió el clásico «sí, mamá», desde el pasillo de la derecha.

Hannah habría reprendido a su hija de no estar tan impaciente por recibir a su providencial fontanero de brillante cinturón de herramientas. Pero cuando abrió la puerta se quedó de piedra ante el hombre que esperaba en su porche. Tenía que ser el fontanero más atractivo de todo Boulder. O mejor dicho, de todo Colorado.

Un puro espécimen de metro ochenta, pelo negro y ojos del color del café. Vestía una cazadora deportiva azul marino encima de una camisa blanca con el cuello abierto, vaqueros desteñidos y unas relucientes botas de vaquero.

–¿Señorita Armstrong? –le preguntó alargando ligeramente las palabras.

La desharrapada imagen de Hannah, vaqueros descosidos por las rodillas, camiseta azul descolorida con un provocativo «¡vamos!» estampado, descalza y con el pelo recogido en una coleta, la tentó por unos segundos a negar su identidad. Pero una tubería reventada era más importante que su orgullo femenino.

–Soy yo, y no sabe cuánto me alegro de verlo.

–¿Me esperaba? –su tono y expresión reflejaron asombro.

Debía de estar bromeando.

–Pues claro, aunque me sorprende que haya venido tan rápido. Lamento si le he hecho cambiar sus planes del viernes por la noche, pero le estoy muy agradecida por su empeño. Antes de empezar, sin embargo, me gustaría preguntarle algo… ¿Cuánto cobra exactamente por las horas extras?

Él la miró visiblemente incómodo, ya fuera por la pregunta o por el incesante parloteo.

–De doscientos cincuenta a cuatrocientos, independientemente de la hora.

–¿Dólares?

–Sí.

–¿No es un poco caro para un fontanero?

La sorpresa inicial del hombre se transformó en una sonrisa de hoyuelos arrebatadores.

–Puede ser, pero yo no soy fontanero.

A Hannah le ardieron las mejillas por la metedura de pata. Si se hubiera fijado bien, se habría dado cuenta de que aquel hombre no pertenecía a la clase obrera.

–¿Y qué es? ¿Quién es usted?

Él se sacó una tarjeta del bolsillo de la chaqueta y se la ofreció.

–Logan Whittaker, abogado.

Hannah enmudeció, hasta que pensó que no tenía nada que temer de un abogado. Agarró la tarjeta y la leyó, pero no le sirvió para aclarar sus dudas. Nunca había oído hablar del bufete de Drake, Alcott y Whittaker, ni conocía a nadie en Cheyenne, Wyoming.

Alzó la vista y lo sorprendió mirándola tan fijamente como ella había examinado la tarjeta.

–¿De qué se trata?

–Me estoy ocupando de la herencia de J.D. Lassiter –respondió él, y se quedó callado como si todo estuviera claro.

–Lo siento, pero no conozco a nadie que se llame Lassiter. Tiene que ser un error.

Él frunció el ceño.

–Es usted Hannah Lovell Armstrong, ¿verdad?

–Sí.

–¿Y su madre se llama Ruth Lovell?

La conversación era cada vez más extraña.

–Se llamaba. Falleció hace dos años. ¿Por qué?

–Porque fue nombrada beneficiaria secundaria en caso de que algo le ocurriera a usted antes de reclamar su herencia.

¿Su herencia? No, no podía ser. No después de tantos años esperando que…

Poco a poco empezó a asimilar la realidad, recordando la advertencia de su madre. «No necesitas saber nada de tu padre ni de su despreciable familia. Él nunca se ha preocupado por ti. Es mejor no saber».

Tan aturdida se quedó por la posibilidad de que aquello guardase relación con el hombre que le había dado la vida que no pudo articular palabra. Se quedó mirando la tarjeta que aferraba con fuerza.

–¿Se encuentra bien, señorita Armstrong?

La pregunta del abogado la sacó de su estupor.

–Me siento un poco… confusa –por decir algo.

–Lo entiendo. Lo primero que quiero dejar claro es que no me corresponde a mí cuestionar su relación con J.D. Lassiter, pero me han encargado explicarle las condiciones de su herencia y los procedimientos para reclamarla. Cualquier cosa que me diga será mantenida en la más estricta confidencialidad.

Hannah advirtió lo que aquel abogado estaba insinuándole y decidió dejar las cosas claras.

–Señor Whittaker, no tengo ni he tenido nunca ninguna relación con alguien llamado Lassiter. Y si está insinuando que yo podría ser una amante secreta, déjeme decirle que se equivoca.

–Le vuelvo a decir que ni asumo ni cuestiono nada, señorita Armstrong. Solo estoy aquí para cumplir la última voluntad del señor Lassiter –miró por encima del hombro a Nancy, la vecina más cotilla del barrio, quien había dejado de regar el seto para escuchar disimuladamente–. ¿Sería posible hablar en privado?

A pesar de su aspecto Hannah no se sentía cómoda con la idea de invitar a un desconocido a su casa.

–Escuche, necesito tiempo para asimilar esta información –tenía que investigar a Logan Whittaker y comprobar que no se trataba de un estafador–. ¿Podríamos vernos esta noche para hablarlo? –siempre que no descubriera nada sospechoso sobre él, naturalmente.

–Puedo volver sobre las siete y media.

–Preferiría que nos viéramos en un lugar público. Tengo una hija y no quiero que escuche nuestra conversación.

–Ningún problema. Y mientras tanto puede hacer una búsqueda por internet o llamar a mi oficina y preguntar por Becky. Así tendrá la prueba de que soy quien digo ser.

Debía de haberle leído el pensamiento.

–Gracias por entender mi inquietud.

–Es lógico que quiera protegerse a usted y a su hija –parecía sincero y comprensivo, y Hannah se apoyó contra la columna del porche.

–Supongo que en su trabajo habrá visto toda clase de cosas inimaginables que pasan con los niños.

Él cambió el peso de un pie a otro.

–Por suerte soy abogado mercantilista, por lo que solo me dedico a transacciones comerciales, asuntos de la propiedad y personas forradas hasta las cejas.

–Mi clase favorita de gente –dijo ella sarcástica.

–¿No le gustan los ricos y famosos?

–Se podría decir que no. Es una larga historia –y a él no le interesaría lo más mínimo.

–Me hospedo en el Crest Lodge, cerca de aquí. Tienen un buen restaurante en el que podemos hablar tranquilamente y en privado. ¿Lo conoce?

–He estado allí una vez –fue seis años antes, con su marido, en su aniversario… poco antes de que un horrible accidente se lo arrebatara–. Es un sitio muy caro.

Él sonrió.

–Por algo inventaron las cuentas de gastos.

–Por desgracia, no dispongo de una.

–Yo sí, invito.

Y qué invitación… sentada frente a un hombre enloquecedoramente atractivo y del que nada sabía. Pero solo iban a hablar de negocios, nada más.

–Claro, si está seguro…

–Completamente. Mi número de móvil está en la tarjeta. Avíseme si cambia de planes. De lo contrario, la espero allí a las siete y media.

Eso le dejaba poco más de dos horas para ducharse y vestirse, siempre que el fontanero no apareciera…

–Hablando de llamadas, ¿no podría hablar de todo esto por teléfono?

Él se puso serio una vez más.

–En primer lugar, tenía que ocuparme de unos asuntos en Denver y decidí pasarme por aquí de regreso a Cheyenne. En segundo lugar, en cuanto conozca los detalles sabrá por qué estimé oportuno hablarlo en persona. La veré esta tarde.

Se dio la vuelta y se alejó por el camino hasta un elegante Mercedes negro, dejando a Hannah sumida en el desconcierto y la incertidumbre.

Al cabo de unos momentos volvió a entrar y encendió rápidamente el ordenador de su dormitorio para realizar la búsqueda de Logan Whittaker. Encontró abundante información, incluyendo fotos y galardones. Se había graduado en Derecho por la Universidad de Texas y había ejercido en Dallas hasta que seis años antes se trasladó a Cheyenne. También descubrió que era soltero, lo cual no era de su incumbencia…

Entonces se le ocurrió buscar información sobre J.D. Lassiter. Lo primero que encontró fue un artículo que hablaba de su talento para los negocios y de su inmensa fortuna. Y cuando reconoció el rostro volvió a quedarse de piedra. Era el mismo hombre que había estado en su casa hacía más de veinte años.

Aquel día Hannah había vuelto a casa de la escuela y se encontró al hombre y a su madre en el porche, enzarzados en una discusión. Hannah era demasiado pequeña para entender, y cuando le preguntó a su madre por él Ruth solo le dijo que no era nadie de quien tuviera que preocuparse.

Hannah sintió una mezcla de emoción y remordimiento. Aunque tuviera pruebas de que J.D. Lassiter era su padre, ya nunca podría conocerlo. Era como si alguien le hubiese concedido un regalo especial para acto seguido arrebatárselo. Pero no importaba. Aquel hombre tenía dinero para dar y regalar, y aun así no se había gastado ni un centavo en ayudarla. ¿Por qué iba a dejarle una parte de sus pertenencias? ¿Tal vez porque le remordía la conciencia? ¿Un intento por expiar sus pecados? Demasiado tarde… Decidió que iría a cenar con Logan Whittaker, escucharía lo que tuviera que decirle y luego le haría saber que no aceptaría nada de J.D. Lassiter.

A las ocho menos cuarto Logan empezó a pensar que Hannah Armstrong había cambiado de idea. Pero cuando levantó la vista del reloj la vio en la puerta del restaurante.

Tenía que admitir que le había parecido una mujer tremendamente atractiva nada más verla, desde su pelo castaño rojizo recogido en una cola de caballo hasta sus pies desnudos y su rostro sin maquillaje. Poseía una belleza lozana y natural y los ojos más verdes que Logan había visto en sus treinta y ocho años.

A la cena se había presentado, sin embargo, con una ligera capa de maquillaje que realzaba aún más sus hermosas facciones. El pelo le colgaba recto hasta los hombros y llevaba un vestido negro y ceñido, sin mangas y hasta las rodillas. Sus miradas se encontraron y Hannah echó a andar hacia él, ofreciéndole una buena porción de sus largas piernas. Era más alta que la mayoría de las mujeres. Tal vez Logan debiera apartar los ojos de sus atributos si no quería verse en serios problemas. Además, no tenía ningún motivo para suponer que ella estuviese dispuesta a saltarse la barrera que separaba los negocios y el placer. Se levantó y rodeó la mesa para retirarle una silla.

–Gracias –le agradeció ella después de sentarse. Logan hizo lo mismo y le ofreció una carta.

–Estaba pensando que ibas a darme plantón.

–Te pido disculpas por el retraso… Mi hija, Cassie, tuvo que cambiarse de ropa tres veces antes de poder llevarla a dormir a casa de una amiga.

Logan sonrió, invadido por los recuerdos.

–¿Cuántos años tiene?

–Gina tiene treinta años, los mismos que yo.

–Me refiero a tu hija.

Un ligero rubor le coloreó las mejillas a Hannah.

–Ah, claro… Estoy un poco nerviosa por todo este asunto de la herencia, ¿sabes?

También lo estaba Logan, pero por razones muy distintas. Cada vez que ella posaba en él sus increíbles ojos verdes sentía que se le aceleraba el pulso.

–No hay motivos para estar nerviosa. Pero es comprensible que sienta curiosidad.

–No tanta como para no poder esperar hasta haber cenado. Me muero de hambre –abrió la carta y se

11

puso a examinar el contenido–. Había olvidado lo variado que es aquí el menú…

Logan casi había olvidado lo que era compartir una mesa con una mujer hermosa. En los últimos años había tenido unas cuantas aventuras con mujeres fáciles de seducir a las que solo les interesaba el sexo.

–Sí. Es difícil decidirse… Por cierto, ¿han arreglado las cañerías?

Ella siguió leyendo el menú.

–No, por desgracia. Llamaron para decirme que se pasarán mañana por la tarde. Parece que han reventado las tuberías de todo Boulder.

Y con lo despampanante que estaba aquella noche podría reventar todos los corazones de Boulder.

–¿Me recomiendas algo?

–¿Has probado la carne de búfalo?

–No, yo soy más de la carne de res con patatas y esas cosas.

–Un texano de pura cepa, ¿eh?

Al parecer había seguido su consejo.

–¿Me has buscado en internet?

–Pues sí. ¿Te molesta?

Solo si había descubierto la parte de su pasado que casi nadie de Wyoming conocía.

–No te culpo… En estos tiempos hay que estar muy seguro de con quién se queda.

–Me alegra que lo entiendas. Y tu currículum es realmente impresionante.

Él se encogió de hombros.

–Solo son unos cuantos títulos.

–Pues a mí me han impresionado.

Ella sí que lo estaba impresionando a él…

–¿Has comido ya búfalo?

–Sí, y te lo recomiendo encarecidamente. Tiene mucha menos grasa que la carne de res.

–Creo que voy a quedarme con lo que conozco.

La sonrisa de Hannah casi lo tiró de la silla.

–Deberías expandir tus horizontes…

Lo que debería hacer sería dejar de mirarle disimuladamente el escote.

–Puede que lo haga algún día.

Un camarero joven y desgarbado se acercó a la mesa y le dedicó una radiante sonrisa a Hannah.

–Hola, me llamo Chuck. ¿Qué os apetece beber? ¿Un cóctel antes de cenar?

–Tomaré un café solo.

Hannah le sonrió a Chuck.

–Para mí un vaso de agua.

El camarero respondió con una sonrisa de adolescente.

–¿Ya sabéis qué vais a tomar?

Ella volvió a mirar la carta antes de cerrarla.

–Yo tomaré solomillo de búfalo con salteado de champiñones y espárragos.

Logan carraspeó para ganarse la atención del joven.

–Bistec de ternera poco hecho con patatas.

Chuck anotó el pedido, pero no apartó la mirada de Hannah mientras recogía los menús.

–¿Qué tal un aperitivo? Las criadillas son de primera.

Logan puso una mueca de asco.

–Creo no.

–Mejor una ensalada a la vinagreta –dijo Hannah.

Chuck apartó finalmente la mirada de ella para volverse hacia Logan.

–¿Tomará una ensalada usted también, señor?

–Solo el café y un vaso de agua.

El camarero se apartó de la mesa.

–Marchando.

–Idiota… –masculló Logan cuando se quedaron solos.

–A mí me ha parecido muy servicial –objetó Hannah con el ceño fruncido.

–A ti desde luego que quería servirte, y no la cena precisamente.

¿Hablaba como un novio celoso?

–¿Cómo dices? –preguntó ella extrañada.

–¿No has visto cómo te miraba?

–Solo estaba siendo amable.

Al parecer no era consciente del efecto que causaba en el sexo opuesto. Una característica que a Logan le resultaba ciertamente intrigante.

–No lo culpo… Eres una mujer muy atractiva, pero hasta donde él sabe, somos una pareja. Su forma de comerte con los ojos no era muy apropiada, que digamos.

Ella desvió la mirada y volvió a ponerse colorada.

–Pero no somos una pareja, y él no me estaba comiendo con los ojos.

–Te aseguro que lo estaba haciendo –sería imposible no hacerlo.

Ella agarró la servilleta, la desplegó y se la colocó en el regazo.

–Pues si lo ha hecho no me he dado cuenta. La verdad es que no he salido mucho últimamente.

–¿Desde…? –dejó la pregunta sin terminar. No quería adentrarse en temas delicados..

–Desde la muerte de mi marido –concluyó ella con una ceja arqueada–. No pasa nada. En los últimos cuatro años he podido hablar de ello sin derrumbarme.

Logan estaba cada vez más impresionado con aquella mujer. En su caso habían pasado nueve años y aún no podía hablar de su pérdida sin verse dominado por la ira y la tristeza.

–Admiro tu resiliencia –dijo, deseando tener la mitad de aquella tenacidad.

Chuck escogió aquel momento para llevarles las bebidas y la ensalada de Hannah.

–Aquí tenéis. La cena estará enseguida.

Por mucho que Logan odiase admitirlo, se alegró de ver al idiota del camarero y cambiar de tema.

–Muchas gracias, Chuck.

–De nada, señor.

El camarero se marchó y Logan se giró de nuevo hacia Hannah.

–Tengo entendido que acabas de sacarte el título.

15

Ella tomó un sorbo de agua y sonrió.

–Así es. Parece que también tú has hecho los deberes conmigo…

–Tenía que localizarte como fuera –J.D. apenas había proporcionado información sobre ella.

Hannah agarró el tenedor y se puso a remover la lechuga.

–No hay nada como internet para investigar a las personas.

–Estarás contenta al comprobar que no soy un depravado haciéndome pasar por abogado…

–Sí, pero la verdad es que siento curiosidad… ¿Por qué dejaste Dallas por Cheyenne, en Wyoming? Tuvo que ser un cambio muy drástico.

Logan no quería hablar de los motivos por los que había cambiado de vida.

–No tanto. También hay vaqueros en Wyoming.

–¿Fuiste un vaquero antes, o estás intentando convertirte ahora en uno?

–Ya he montado suficientes caballos, si es eso a lo que te refieres.

Ella volvió a sonreír.

–A ver si lo adivino… Naciste en una próspera y rica familia ranchera.

–Pues no. Más bien en una humilde familia granjera que se remonta a tres generaciones. Mis padres se dedicaban al ganado y al cultivo de melocotones en Texas. Ahora están jubilados… y muy decepcionados conmigo por no haberme hecho cargo de la granja.

–¿Por qué quisiste convertirte en abogado?

Él sonrió.

–Cada vez que me ponía un mono la gente me confundía con un fontanero, y como desatascar los desagües no es lo mío, me decanté por estudiar Derecho.

Ella soltó una carcajada que se reflejó en sus ojos.

–Algo me dice que no vas a dejar que olvide nuestro primer encuentro.

Algo le dijo a él que iba a acabar muy mal si no dejaba de mirarla como una mujer deseable.

–Te perdono, teniendo en cuenta cómo nos hemos conocido.

–Y yo te perdono por no haberme avisado antes de presentarte en mi puerta.

Logan seguía con la primera impresión que tuvo de ella grabada en la mente.

–¿Sabes? Me alegro de no haber resuelto esto por teléfono. Si lo hubiera hecho no te habría conocido, y algo me dice que lo habría lamentado.

Hannah dejó el tenedor, apoyó el codo en la mesa y posó la mejilla en la palma de su mano.

–Y yo habría perdido la oportunidad de ponerme elegante y cenar gratis.

Era más hermosa que una pintura renacentista que hubiese cobrado vida, y si Logan no se concentraba en el asunto que tenían entre manos…

–Cuando sepas el dinero que te corresponde podrás invitarme a cenar tú la próxima vez.

¿La próxima vez, había dicho? Estaba perdiendo los papeles, algo del todo inaudito en él.

Hannah pareció igualmente sorprendida por el comentario.

–Eso depende de si acepto mi parte de la herencia, lo cual es bastante improbable.

Logan no podía imaginarse que nadie en su sano juicio rechazara una fortuna semejante. Pero antes de poder expresar su opinión o comunicarle de cuánto dinero estaban hablando, apareció Chuck con los platos.

Logan comió con apetito, mientras que Hannah apenas probaba su comida. Cuando finamente acabaron, Hannah apartó la servilleta.

–Muy bien, ya lo hemos postergado bastante. Dime cuánto es el dinero de la herencia.

Logan tomó un sorbo de agua.

–El dinero está actualmente en un fondo vitalicio. Puedes dejarlo ahí y vivir tranquilamente de las rentas. O puedes retirarlo todo. Tú decides.

–¿Cuánto? –preguntó ella.

Logan advirtió su rubor.

–¿Quiere que vayamos a tomar una copa antes de continuar?

La frustración se reflejó en su rostro.

–No necesito una copa.

–Solo una copa de vino para aliviar la tensión…

Ella se inclinó hacia delante y le clavó la mirada.

–¿Cuánto?

–Cinco millones de dólares.

–Creo que tomaré esa copa.

Capítulo Dos

Hannah nunca bebía, pero en aquel momento necesitaba realmente el vodka con tónica.

–¿Cinco millones de dólares? ¿Estás loco?

Logan se recostó en el sillón y le clavó la mirada.

–No es mi dinero. Yo solo soy el mensajero.

Ella dejó el vaso en la mesita que los separaba y se pasó los dedos por el pelo, resistiendo el impulso de arrancárselo.

–¿Quieres decir que solo tengo que firmar unos cuantos papeles y me convertiré en millonaria?

–Es algo más complicado…

Después de recibir aquella noticia nada le parecía sencillo, ni siquiera la decisión de rechazar el dinero.

–¿Tendré que testificar ante algún juez?

–No, pero hay condiciones.

Ella bajó las manos al regazo y se recostó en los cojines del sofá.

–¿Como cuáles?

–Tendrás que firmar un acuerdo de confidencialidad para recibir la herencia.

–¿Un acuerdo de confidencialidad?

–Significa que si aceptas el dinero no podrás hablar con nadie de tu relación con los Lassiter.

Hannah soltó una carcajada.

–Me niego. Me he pasado la vida a la sombra de la vergüenza, gracias a que mi padre biológico no quiso saber nada de mí.

–¿Entonces sospechas que J.D. Lassiter era tu padre?

–Sí, es muy probable, pero no lo sé con seguridad porque no tengo ninguna prueba. Sea como sea, no pienso aceptar su dinero a cambio de mi silencio.

Logan apuró su café y guardó silencio unos instantes.

–¿Qué futuro tiene una carrera como la tuya?

Un futuro bastante complicado, admitió para sí misma, pero saldría adelante.

–Voy a dar clases de fisiología humana en un instituto.

Él soltó un suspiro.

–Hacen falta muchas agallas para hablarles a un puñado de adolescentes sobre los órganos del cuerpo, sobre todo siendo tan atractiva como tú.

Hannah apreció su habilidad para repartir cumplidos, aunque no fueran sinceros.

–Te aseguro que puedo tratar a cualquier joven por difícil que sea.

–No lo dudo. Pero no te será fácil. Lo sé porque yo también fui joven.

Hannah se imaginó a un muchacho guapo y encantador.

–La mayoría de los hombres conservan algunos rasgos de la pubertad, ¿no crees?

20

Él sonrió, mostrando sus deliciosos hoyuelos.

–Seguramente. ¿Tienes algún trabajo esperándote?

Ella desvió la mirada.

–Todavía no, pero hace apenas dos semanas que me gradué. Me puse a buscar trabajo enseguida, y espero encontrar algo en cualquier momento.

–¿Y si no es así?

Hannah se había hecho esa misma pregunta.

–Me las arreglaré, igual que llevo haciendo desde que murió mi marido.

Él le dedicó una mirada cargada de compasión.

–Debió de ser muy duro criar a una niña mientras estudiabas.

Al menos había contado con ayuda, aunque no de manera amable.

–Mi madre se quedaba con ella cuando hacía falta, hasta que Cassie cumplió dos años. El dinero del seguro y de la Seguridad Social me permitió pagar la guardería y las facturas mientras estudiaba a jornada completa. Conseguí becas y préstamos para costearme la carrera.

–Espero que no te moleste que te pregunte si te queda algo de ese dinero.

A Hannah no la molestaba, pero sabía adónde quería llegar… De nuevo al tema de la herencia.

–Los pagos acabarán en octubre, así que aún me quedan seis meses.

Él se frotó la nuca.

–¿Eres consciente de que si aceptas la herencia ni tú ni Cassie volveréis a tener problemas económicos?

Si el futuro de Cassie estaba en juego tal vez se replanteara la posibilidad de aceptar la herencia.

—A mi hija no le faltará de nada cuando cumpla los dieciocho gracias a mis suegros. Han metido un millón de dólares en un fondo fiduciario a su nombre. Pero seguro que habrá condiciones, como siempre que una riqueza personal supera la deuda nacional.

—Supongo que eso explica tu aversión a la gente adinerada.

Su aversión se limitaba a los ricos que se creían superiores, como Theresa y Marvin Armstrong.

—Los padres de Daniel no aprobaron el matrimonio de su hijo. Ni a mí tampoco. No podían saber si yo tenía la sangre apropiada para perpetuar los genes de los Armstrong. Pero cuando me quedé embarazada de Cassie no tuvieron nada que decir al respecto.

—¿Y se involucraron en la vida de tu hija?

—Theresa le envía dinero por su cumpleaños y muñecas por Navidad. Son muñecas de coleccionista con instrucciones de no sacarlas de la caja para que no se estropeen. Ya me dirás tú de qué sirve una muñeca si no se puede jugar con ella…

—¿Alguna vez han visto a su nieta?

—Solo una vez —y había sido más que suficiente—. Cuando Cassie tenía dos años nos pagaron el billete a Carolina del Norte para visitarlos. No tardé mucho en descubrir que mi suegra no soportaba a los niños pequeños. Me acusó de estar criando a un animal salvaje y yo le dije que la próxima vez dejaría a Cassie en una perrera. Por suerte no hubo próxima vez.

Logan soltó una profunda carcajada.

–Eres implacable, ¿eh?

Hannah tomó otro sorbo de su cóctel para aliviar el amargo sabor que se le había quedado en la garganta.

–No me quedó más remedio que aprender a serlo, teniendo que criar yo sola a una niña sin padre. Mi madre tampoco me lo ponía muy fácil por su carácter arisco. Yo tomé el camino opuesto y me puse como objetivo ser lo más alegre, optimista y sociable posible.

Él sonrió.

–Seguro que fuiste animadora en el instituto.

Ella le devolvió la sonrisa.

–Sí que lo fui, y hasta podía dar una voltereta hacia atrás.

–¿Crees que aún podrías?

–No sé. Ha pasado mucho tiempo, pero supongo que podría intentarlo, aunque la falda de animadora seguramente se me haya quedado pequeña.

Él guiñó un ojo, provocándole a Hannah un delicioso estremecimiento por todo el cuerpo.

–Me gustaría verlo.

–Si eres como la mayoría de los hombres solo querrás ver cómo se me levanta la falda.

Él le dedicó una pícara sonrisa.

–Me gustan las mujeres flexibles…

Un silencio siguió a la insinuación. Hannah no recordaba cuándo había sido la última vez que un hombre había coqueteado con ella aparte de su marido.

Una joven camarera rubia se acercó sonriendo.

–¿Quiere que le traiga algo, señor?

–Un refresco de cola –respondió Logan sin sonreír.

–¿Y para usted, señorita?

–Nada, gracias.

–¿Estás segura? –le preguntó Logan–. ¿No te apetece otra ronda?

Hannah estuvo a punto de ceder a la tentación.

–Tengo que conducir, ¿recuerdas?

–Puedo llevarte yo a casa.

–Oh, no, no, eso son demasiadas molestias –dijo ella rápidamente, sabiendo que cometería un error colosal si Logan se acercaba a su casa.

–En absoluto.

–De momento no quiero nada, pero gracias.

La camarera se marchó y Hannah decidió cambiar de tema.

–Ya sabes bastante de mí, ¿qué me puedes contar de ti?

Él apartó su taza vacía.

–¿Qué quieres saber?

–He visto que eres soltero. ¿Has estado casado alguna vez?

La expresión de Logan se ensombreció.

–Una vez. Me divorcié hace ocho años.

–¿Ninguna relación desde entonces? –le costaba creer que un hombre como él permaneciera soltero tanto tiempo.

–Nada serio.

–A ver si lo adivino… Tienes una mujer en cada tribunal.

Él volvió a sonreír, pero solo a medias.

–Ni mucho menos. Trabajo muchas horas y apenas me queda tiempo para la vida social.

–¿Hiciste voto de castidad? –que el cielo la ayudara… El vodka había arrasado por completo su filtro verbal.

La camarera volvió con el refresco y Logan sacó su cartera para entregarle una tarjeta platino.

–Quédatela por el momento –le dijo.

La joven se retiró y Hannah intentó dar marcha atrás.

–Olvida lo último que te he preguntado. No es asunto mío.

–No pasa nada… He tenido unas cuantas relaciones de pura conveniencia. ¿Y tú?

Era justo que también él se lo preguntara, pero Hannah tenía muy poco que decirle en ese aspecto.

–Al igual que tú, no he tenido mucho tiempo para mi vida social. El año pasado tuve un par de citas, pero fueron un desastre. El primero aún vivía en casa de su madre, y el otro solo quería seguir estudiando, a pesar de tener ya tres títulos universitarios.

–Parece que el segundo era muy inteligente.

–Sí, pero los dos me dejaron muy claro que no les gustaban los niños, y esa es una condición indispensable para estar conmigo. Y naturalmente jamás dejaría a mi hija con un hombre que se hubiera ganado mi plena confianza.

Logan pasó el pulgar por el borde del vaso.

–Es lógico que te preocupes por eso.

–Pues claro. Aunque hay quien dice que soy sobreprotectora –como su mejor amiga, Gina.

Logan vació el vaso y lo dejó a un lado.

–No sé si en los tiempos que corren se puede ser sobreprotector.

–Bueno, el caso es que a veces he llevado al límite mi afán protector. Hasta llegué a contemplar la idea de envolverla con papel burbuja para enviarla al colegio…

La broma no pareció hacerle mucha gracia a Logan.

–Lamentablemente no puedes protegerlos de todo –lo dijo con un tono tan serio que Hannah sintió curiosidad.

–¿Tienes hijos?

Él apartó brevemente la mirada.

–No.

Definitivamente allí había una historia.

–¿Tu exmujer y tú decidisteis no tenerlos? –se dio cuenta de que estaba entrometiéndose más de la cuenta y levantó las manos–. Lo siento mucho. Normalmente no soy tan impertinente.

–Mi mujer también era abogada –continuó él–. Los hijos no entraban en nuestros planes, y seguramente fue lo mejor.

–¿Cuánto tiempo estuvisteis casados?

–Un poco más de siete años.

–Lamento oírlo. El divorcio debió de ser duro.

–El nuestro fue bastante difícil. Pero no es nada comparado con quedarse viuda –lo decía como si también hubiera pasado por aquel trauma.

–Bueno, las dos son pérdidas y las dos exigen pasar por un proceso de luto y superación. En ese aspecto tuve suerte, ya que tenía a Cassie.

–¿Cuántos años tenía tu hija cuando murió tu marido?

–Yo estaba embarazada de cinco meses, por lo que él no llegó a conocerla –se sorprendió de poder contarlo sin derrumbarse. Tal vez ya estuviera lista para pasar página.

–Al menos te quedó una parte de él –murmuró Logan–. Debió de ser un consuelo.

No solo era atractivo, sino también intuitivo. Una rara combinación en la limitada experiencia de Hannah.

–Me sorprende tu agudeza, señor Whittaker. Normalmente la gente se compadece de mí cuando les cuento mi vida. Aprecio la simpatía, pero no soy un caso perdido.

–Logan –la corrigió él–. Y no eres un caso perdido ni alguien de quien haya que compadecerse. Al contrario. Mereces todo mi respeto y admiración por haber seguido adelante con tu vida, Hannah.

Ella se sintió cohibida por el cumplido y extrañamente excitada al oírle pronunciar su nombre. Se puso a doblar nerviosamente la servilleta.

–Los dos primeros años no fueron nada fáciles, te lo aseguro. Me los pasé llorando y revolcándome en la autocompasión. Pero cuando Cassie empezó a dar sus primeros pasos y dijo «mamá» por primera vez, me di cuenta de que tenía ser fuerte por ella. Empecé a ver la vida de otra manera, llena de objetivos y oportunidades. Fue como empezar de nuevo.

La camarera volvió a la mesa y miró el vaso vacío de Hannah.

–¿Seguro que no quieres otra?

Hannah miró el reloj del bar. Eran casi las diez de la noche. El tiempo había volado sin darse cuenta.

–Se está haciendo tarde. Debería marcharme.

–No es tan tarde –replicó él–. Y como te dije antes, me cercioraré de que vuelvas a casa sana y salva si decides tomarte otro vodka con tónica.

Hannah lo pensó durante unos instantes. Su hija estaba durmiendo en casa de una amiga, estaba en compañía de un hombre apuesto y atento que le había prometido que estaría segura. ¿Qué daño podría hacer tomarse otra copa?

–No debería haberme tomado esa otra copa…

Logan miró a Hannah al detener la camioneta junto a su camino de entrada.

–Ha sido culpa mía por haber insistido.

Ella levantó la cara de las manos y sonrió temblorosamente.

–No me has obligado a punta de pistola. Y no sabías el poco aguante que le tengo al alcohol.

–¿Te encuentras bien?

–Un poco mareada y preocupada por mi coche. No es gran cosa, pero es todo lo que tengo.

Logan se había fijado en el lamentable estado del sedán.

–Está en un aparcamiento vigilado, y me encargaré de que te lo entreguen mañana por la mañana.

–Ya has hecho demasiado. Podría haber pedido un taxi.

–Ya te he dicho que para mí no es ningún problema. En estos días no se puede confiar en nadie, y menos si eres una mujer atractiva.

Ella lo recompensó con una encantadora sonrisa.

–Seguro que les dices lo mismo a todas las mujeres que rechazan una herencia de cinco millones de dólares.

–Eres la primera que lo hace –y la primera mujer en mucho, muchísimo tiempo que despertaba su interés. Y además en una cita de negocios–. Espero que hayas cambiado de opinión.

–No, no he cambiado. Pensarás que me he vuelto loca, pero tengo mis razones.

Sí, y él sabía cuáles eran. Estaba rechazando el dinero por principios, algo que no se veía a menudo.

–Bueno, no voy a presionarte, pero volveremos a hablar mañana después de que lo hayas consultado con la almohada.

Ella parpadeó y ocultó un bostezo con la mano.

–Hablando de almohadas, me caigo de sueño. Supongo que es hora darse las buenas noches.

Alargó el brazo hacia la manija, pero Logan la detuvo.

–Permíteme.

–Vaya… Parece que aún quedan caballeros y todo –acompañó el comentario con una risita.

Logan se apresuró a salir del coche antes de cometer una estupidez. Rodeó el vehículo y le abrió la puerta. Ella tuvo algunos problemas para salir y Logan le ofreció la mano. Le costó un gran esfuerzo volver a soltársela.

La siguió por el camino hasta la puerta, intentando fijar la mirada en su ondulada melena rojiza en vez de en su espectacular trasero.

Antes de llegar al porche, Hannah lo miró y le sonrió.

–Al menos aún puedo tenerme en pie –justo en ese momento tropezó en el primer escalón. Logan la agarró por el codo antes de que se cayera sobre el trasero del que a duras penas podía apartar la mirada.

–Cuidado.

–No pasa nada. Solo estoy un poco patosa –él la guio hasta la puerta y le soltó el brazo–. Me lo he pasado muy bien, Logan –le dijo con otra somnolienta sonrisa–. Si me envías lo que tengo que firmar para renunciar al dinero, te lo reenviaré inmediatamente.

Logan seguía sin estar convencido de que Hannah estuviese haciendo lo correcto en relación a la herencia.

–Ya hablaremos de eso en otro momento. Ahora tienes que descansar.

–¿Quieres pasar? –lo invitó, pillándolo por sorpresa.

–No creo que sea buena idea –en realidad le parecía una idea genial, pero no confiaba en sí mismo para controlar su libido.

Ella se aferró el bolso contra el pecho.

–Ah, entiendo. Tienes miedo de quedarte a solas con una pobre madre soltera que se ha pasado siete años sin sexo.

–En absoluto. Simplemente te respeto demasiado como para hacer algo de lo que ambos podamos arrepentirnos. Porque si nos quedamos solos en tu casa, pueden ocurrir muchas cosas…

Ella apoyó un hombro contra la columna y ladeó la cabeza.

–¿De verdad?

–Pues claro. Por si no te has dado cuenta, no he conseguido quitarte los ojos de encima en toda la noche.

Ella soltó una carcajada.

–Lo siento, pero me cuesta creer que estés interesado en mí.

–¿Por qué? Eres inteligente, ingeniosa, espabilada y muy valiente por haber criado a una hija tú sola mientras terminabas los estudios.

–Sigue.

–Eres una superviviente, y muy hermosa, aunque no pareces darte cuenta. Algo difícil de encontrar en una mujer hermosa. No solo difícil, sino fascinante.

–¿Y?

31

–Y ahora mismo me gustaría besarte –declaró antes de poder controlarse–. Pero no voy a hacerlo.

–¿Por qué no? –preguntó ella decepcionada.

–Porque si te beso, no querré detenerme. Y como ya te he dicho, te respeto demasiado como para…

Hannah lo hizo callar rodeándole la nuca con una mano y pegando los labios a los suyos para darle el beso que él había intentado evitar.

Fue vagamente consciente de que ella dejaba caer el bolso al suelo, pero muy consciente de que lo besaba como si no la hubieran besado en mucho tiempo. Sus lenguas se rozaban de manera tan suave y sensual que un peligroso estímulo empezaba a prenderle en la entrepierna. Le puso la mano en el costado, muy cerca del pecho, y oyó que ahogaba un gemido mientras se apretaba contra él.

Pensó en decirle que deberían entrar, pero entonces ella se apartó bruscamente, dio un paso hacia atrás y se tocó los labios. Tenía las mejillas encendidas y los ojos verde esmeralda abiertos como platos.

–No me puedo creer lo que he hecho. No quiero ni imaginarme lo que debes de estar pensando de mí.

Logan estaba pensando en lo mucho que la deseaba.

–Eh, es lo más normal del mundo. La química, unos cuantos cócteles…

–Y tienes a una mujer de treinta años haciendo el ridículo.

Él le colocó un mechón detrás de la oreja.

–No te sientas ridícula ni avergonzada, Hannah. Me siento halagado de que me hayas besado.

Ella agarró el bolso del suelo y lo abrazó con fuerza.

–No te he dado mucha elección.

–Solo has hecho lo que yo quería que hicieras –el problema era que quería hacerlo de nuevo, y mucho más–. Y por cierto, creo que eres una mujer irresistiblemente sexy y me gustaría conocerte mejor.

–Pero acabamos de conocernos… No sabemos nada el uno del otro.

Él sabía lo suficiente para querer saber más y ver hasta dónde podían llegar.

–Por eso me gustaría conocerte mejor.

–No vivimos en la misma ciudad.

–No, pero solo hay ciento cincuenta kilómetros.

–Tú estás muy ocupado y yo tengo una hija de cinco años, sin contar con que estoy buscando trabajo.

Logan recordó la otra búsqueda que Hannah debería llevar a cabo. Podría ser la clave para pasar más tiempo con ella.

–Hay algo que llevo queriendo preguntarte toda la noche.

–¿Quieres saber si estoy loca?

–Ese algo sobre tu padre biológico.

Hannah se puso seria.

–¿Qué pasa con él?

–Me gustaría saber si sabes algo de su vida.

Ella suspiró.

–Solo sé que mi madre se lio con un tipo que la dejó tirada cuando se quedó embarazada de mí. Según ella, era un sinvergüenza desalmado, ruin y sin escrúpulos.

No eran pocos los que describían a J.D. de aquella manera.

—¿No te dio nunca un nombre?

—No, y yo no se lo pregunté. Si él no quería saber nada de mí, yo tampoco quería saber nada de él —lo dijo en un tono exageradamente presuntuoso y fanfarrón.

A Logan le costaba creer que J.D. hubiera sido tan frío e insensible como para despreciar a alguien de su propia sangre sin importarle en qué situación se encontrara.

—Puede que hubiera otras razones que le impidieran implicarse en tu vida.

—¿Qué razones? ¿Que era un sinvergüenza sin escrúpulos o que estaba casado?

—¿Estás completamente segura de que estaba casado?

—Mi madre lo insinuó, pero no, no puedo afirmarlo con seguridad.

—Entonces quizá sea hora de descubrir la verdad. Te lo debes a ti misma y también a tu hija. Porque si J.D. era de verdad tu padre, entonces tienes hermanos.

Hannah se quedó unos instantes meditando sobre aquella posibilidad.

—¿Cómo voy a descubrir la verdad?

—Con mi ayuda.

Ella frunció el ceño.

–¿Y por qué ibas a querer ayudarme?

–Porque no puedo imaginarme lo que debe de ser tener más preguntas que respuestas –aunque en cierto modo, a un nivel muy personal, ya lo sabía–. Y como soy abogado y conozco personalmente a los Lassiter, podría investigar un poco sin levantar sospechas.

–¿No estás demasiado ocupado para eso?

–De hecho, esta semana tengo menos trabajo –cuanto le pidiera a su secretaria que aplazara los próximos compromisos–. Pero me gustaría que participaras activamente en la búsqueda.

–¿Cómo sugieres que lo haga desde aquí?

Aquella era la parte del plan que sin duda la haría cuestionarse sus motivos.

–Aquí no. En Cheyenne. Podrías quedarte conmigo unos días y yo te enseñaría el lugar y te presentaría a unas cuantas personas. Y durante el día podrías investigar un poco mientras yo estoy trabajando.

Hannah se quedó unos segundos boquiabierta.

–¿Quedarme contigo?

–Tengo una casa de cuatrocientos metros cuadrados con cinco dormitorios y siete cuartos de baño. Dispondrías de tu propio espacio. El dormitorio principal está en la planta baja y el resto, en el piso superior. Podríamos pasarnos días enteros sin ni siquiera vernos –pero él se encargaría de que se vieran, naturalmente.

–Santo Dios, ¿para qué un consumado soltero necesita una casa tan grande?

–Conseguí un buen precio cuando la pareja tuvo que trasladarse fuera del estado. Y me gusta recibir visitas.

–¿Qué tienes, un harén?

Logan no pudo evitar reírse. Hacía años que no se reía tanto.

–Claro que no. Pero sí tengo cinco acres de terreno, un par de caballos y una cocina de gourmet. Mi ama de llaves viene dos veces a la semana y me deja la comida preparada cuando a mí no me apetece cocinar.

–¿Sabes cocinar? –le preguntó dubitativa.

–Sí. Sé desenvolverme bastante bien en la cocina.

–¿A base de hamburguesas con queso? ¿Sándwiches con lechuga y tomate? ¿O también te atreves con huevos revueltos si te sientes con ganas de aventura?

–Mi comida favorita de aventura siempre será la italiana. Te encantarían mis *mostaccioli*.

Ella se deslizó la tira del bolso en el hombro.

–Suena muy tentador, pero no puedo irme de Cheyenne sin mi hija. Durante cinco semanas no irá al colegio.

–¿Hay alguien que pueda quedarse con ella unos días? –parecía desesperado.

–Quizá, pero nunca he dejado sola a Cassie más de una noche –respondió ella–. No sé cómo se lo tomaría. Ni cómo me lo tomaría yo. Además, no estoy segura de poder organizarlo en tan poco tiempo aunque decidiera ir.

Logan sintió que estaba perdiendo una batalla, pero no estaba dispuesto a perder la guerra.

–Podrías ir y volver en coche a diario, pero eso sería hacer demasiados kilómetros. Si te quedaras conmigo un par de días tendríamos tiempo para conocernos mejor.

–Quedarme en casa de un desconocido supondría un gran salto de fe.

Él cubrió la distancia que los separaba y le puso la mano en la mejilla.

–Ya no somos unos desconocidos. No después de lo que has hecho…

La besó con suavidad, provocándola lo suficiente para dejarla con la tentación. Al acabar, se echó hacia atrás pero sin dejar de mirarla.

–Podría haber mucho más si quisieras. Pero te repito que no voy a presionarte. Solo te pido que lo pienses. Podrías tener las respuestas que buscas sobre la herencia y los dos podríamos disfrutar de nuestra mutua compañía. A no ser que tengas miedo de explorar las posibilidades…

Supo que había dado en el clavo al ver el brillo desafiante en los ojos de Hannah.

–No soy una cobarde, pero debo ser precavida. Pensaré en tu oferta y te daré mi respuesta mañana.

–¿Me das tu número? Así podré llamarte cuando te envíen el coche –y por si necesitaba insistir.

Ella sacó un boli y un recibo y anotó.

–Te dejo el número de mi casa y el de mi móvil… Puedes mandarme un mensaje cuando quieras.

Mientras Logan se guardaba el papel, Hannah sacó sus llaves, se giró para abrir la puerta y entró sin decir nada más.

Logan se quedó solo en el porche, preguntándose por qué le parecía tan importante volver a verla. Podría estar con muchas mujeres hermosas en Cheyenne, pero ninguna lo había cautivado como Hannah Armstrong.

Y no todo podía achacarlo a la química. Le encantaba su sentido del humor, su cuerpo de infarto y sus expresivos ojos. Le encantaba su independencia y el celo y fervor con que defendía a su hija. Pero lo que más lo acercaba a ella era el hecho de que también ella había perdido a un ser querido.

Hannah podría entender su dolor porque también ella lo había vivido, pero si le contaba su historia se arriesgaba a que lo viese bajo otro prisma y se apartara de él.

Solo el tiempo diría si tendría el coraje de confesar su mayor pecado… la muerte de su única hija había sido en parte culpa suya.

Capítulo Tres

Su coche estaba de vuelta, y también el hombre que llevaba ocupando sus pensamientos toda la mañana y toda la noche. Hannah se asomó por la ventana y vio a Logan salir de su sedán azul, vestido con una camisa negra, vaqueros descoloridos con un cinturón de reluciente hebilla y botas oscuras. Los latidos se le dispararon nada más verlo.

La atracción la había impulsado a besarlo, algo que en circunstancias normales no habría tenido el valor de hacer. Pero lo había hecho… y le había gustado. Debían de ser las hormonas, aquellas inoportunas anomalías del organismo que hacían cometer toda clase de locuras sin preocuparse por las consecuencias. Se había propuesto sofocarlas nada más levantarse de la cama, y se cercioró de presentar un aspecto mucho más discreto que en su primera cita.

Se vistió de manera informal con unos pantalones pirata blancos, una camiseta de manga corta verde claro y unas chancletas con diamantes falsos. También se aplicó un poco de maquillaje y se recogió el pelo en una cola de caballo. Los aros de plata quizá fueran excesivos, pero era demasiado tarde para quitárselos.

Cuando sonó el timbre se alisó inconscientemente el cabello y la camiseta. Midió sus pasos para no parecer demasiado impaciente, aunque lo que más deseaba era salir al porche y lanzarse a sus brazos. Pero se recordó a sí misma las virtudes de la sutileza y abrió lentamente la puerta.

Él la saludó con una sonrisa y la sorprendió al ofrecerle la mano.

—Buenos días. Soy Logan Whittaker, por si lo has olvidado.

Hannah no sabía si darle un puntapié en la espinilla o comérselo a besos. Optó por una tercera opción, seguirle la corriente, y le estrechó la mano. Notó los callos en su palma mientras él le daba un ligero apretón.

—Buenos días, señor Whittaker. Le agradezco que me haya traído el coche.

—No hay de qué, pero después de lo de anoche deberías llamarme Logan.

Hannah se puso roja como un tomate.

—Estoy intentando olvidar lo de anoche.

—Pues te deseo suerte, porque yo no he podido olvidarlo. Me ha tenido toda la noche en vela.

Ella tampoco había pegado ojo, pero no iba a admitirlo.

—¿Necesitas que te lleve?

—No. Uno de los aparcacoches vendrá a recogerme en diez minutos.

Debía de ser estupendo tener siempre ayuda a mano, pero era un privilegio de la gente con recursos.

–¿Seguro que no quieres que te lleve? Es lo menos que puedo hacer.

–Seguro, pero no voy a marcharme hasta que hayamos hablado de tu herencia y de mi propuesta.

Ni por todo el oro del mundo accedería a firmar un acuerdo de confidencialidad.

–No he cambiado de opinión sobre el dinero, y el jurado aún tiene que pronunciarse sobre la otra cuestión, por usar un término legal.

–Bueno, pero si aún no lo has descartado creo que al menos deberías dejar que expusiera mi caso. Estoy bien educado y no causaré ningún destrozo en tu casa…

–Esta bien, pero te aviso que está todo patas arriba gracias a mi hija y a los problemas con las cañerías.

Él volvió a esbozar una arrebatadora sonrisa, mostrando sus adorables hoyuelos y sus dientes blancos y perfectos.

–Te prometo que no te arrepentirás de escucharme.

Ella ya empezó a arrepentirse cuando él pasó a su lado y la embriagó con su colonia.

–¿Dónde quieres que me ponga?

Un torrente de imágenes a cada cual más inapropiada asaltaron a Hannah. Al parecer no había conseguido enterrar del todo sus deseos íntimos.

No pasaba nada, siempre que no se dejara arrastrar por ellos.

Otra vez…

Tragó saliva y cerró la puerta con el trasero.

–Vamos al comedor –era un lugar razonablemente seguro–. O mejor nos quedamos aquí, ya que el suelo del comedor aún está mojado –primero tenía que despejar el sofá de juguetes, pero antes de poder hacerlo Logan la miró con el ceño fruncido–. Conseguí cerrar la llave de paso bajo el fregadero, pero esta mañana he visto que la válvula también tiene una fuga. El agua está inundando mi cocina.

–Mal asunto.

Se arremangó la camisa y Hannah lo miró boquiabierta.

–¿Qué haces?

–Soy bastante hábil con las cañerías.

–Eso no fue lo que dijiste ayer.

–He aprendido a no desvelar mis habilidades. De lo contrario estaría siempre arreglando cañerías. Pero por ti estoy dispuesto a echar un vistazo.

Ella ya había echado un vistazo. Un vistazo discreto a sus antebrazos bronceados y musculosos y al cuello abierto de la camisa que revelaba una ligera mata de vello.

–Ahora lo entiendo. En realidad eres un fontanero reprimido que se hace pasar por abogado.

La sonrisa de Logan la aturdió como un martillazo.

–No, pero soy bueno con las manos.

De eso estaba segura al cien por cien…

–Gracias, pero no es necesario. Un fontanero de verdad tiene que venir hoy.

Él la miró con una expresión abiertamente cínica.

–Si tú lo dices… No suelen darse mucha prisa los sábados –le hizo un guiño–. Además, si examino yo el problema te ahorrarás la tarifa especial de fin de semana.

Era un argumento irrebatible, desde luego. ¿Y qué mal había en dejarle ver las cañerías… o cualquier otra cosa de ella que quisiera ver?

–De acuerdo, pero te vas a empapar igual que me ha pasado a mí.

–No hay problema. Empaparse no siempre es malo… –lo dijo con un tono marcadamente sugerente que a Hannah no se le pasó por alto.

–Pues ya que insistes, adelante –le señaló la dirección del comedor–. Nada hacia allá y sigue nadando hasta el fregadero de la cocina.

Echó a andar detrás de él, sin poder evitar fijarse en su trasero. Era un trasero realmente apetitoso, y habría que ser ciega para no darse cuenta. Pero no podía permitir que un abogado irresistiblemente sexy y con aspecto de vaquero duro y atractivo le afectara el entendimiento. Le dejaría que le arreglase el fregadero y dijera lo que tenía que decir y después lo mandaría de vuelta a Cheyenne sin ella.

Logan agarró una llave inglesa de la encimera, se arrodilló y metió la cabeza en el armario bajo el fregadero. Hannah se apoyó en la encimera para mirar y no pudo reprimir una carcajada al oír los exabruptos y maldiciones que salían de boca del abogado.

–Lo siento –masculló él sin sacar la cabeza–. Tengo que apretar una junta y se ha atascado.

–¿Por eso se escapa el agua?

–Sí. Está un poco corroída y habría que cambiarla. Pero creo que puedo ajustarla.

–Qué alivio –al menos no tendría que pagarle las horas extras a un fontanero.

–No cantes victoria hasta que la haya arreglado.

Pasaron unos minutos llenos de palabrotas y gruñidos, hasta que Logan salió finalmente y abrió el grifo. Aparentemente satisfecho, dejó la llave inglesa y le dedicó otra sonrisa a Hannah.

–De momento está bien así, pero hay que cambiarla. De hecho, habría que cambiar todas las cañerías.

Hannah suspiró.

–Eso me dijeron. La casa se construyó hace más de cuarenta años y se está cayendo a pedazos. He tenido que emplear todos mis ahorros en pagar una caldera nueva.

Logan se secó las manos con un trapo.

–Si aceptaras la herencia no tendrías que volver a preocuparte por el dinero.

Hannah no podía negar la tentación, pero sus principios se lo impedían.

–Como ya he dicho, no tengo la menor intención de aceptar mi parte –J.D. Lassiter le debía eso y mucho más, pero el dinero no podía compensarla por los años que se había pasado sin saber quién era su padre.

Logan se apoyó en la encimera frente a ella.

–¿Y respecto a mi propuesta?

–Creo que ir a Cheyenne no serviría de nada. Sería como buscar una aguja en un pajar.

–O puede que no. Podrías conocer a algunos miembros de la familia Lassiter, en caso de que quisieras tener contacto con tus parientes al no estar sujeta por ningún acuerdo de confidencialidad.

–No me interesa tener relación con los Lassiter.

Él la observó unos segundos.

–¿Tienes familia, aparte de tus suegros?

Hannah negó con la cabeza.

–No. Soy hija única, igual que mi madre. Mis abuelos murieron hace muchos años.

–¿Y no crees que sería bueno conocer a la familia de la que nunca supiste nada?

Ella se encogió de hombros.

–He pasado todos estos años sin saberlo. Seguro que podré sobrevivir sin conocerlos.

–¿Y tu hija? ¿No crees que merece saber que tiene otra familia?

El sonido de unas rápidas pisadas señaló la llegada de su hija. Hannah se giró a la derecha para ver a la pequeña de cinco años atravesando a toda prisa el comedor con un pañuelo rosa, un tutú a juego que le cubría la camiseta, pantalones cortos y una diadema de diamantes falsos en lo alto de la cabeza. Agitó la varita estrellada y gritó a pleno pulmón:

–¡Soy la reina de las hadas! –dejó de dar vueltas al ver al desconocido que había en la cocina, pero lejos de acobardarse se acercó a él con una sonrisa desdentada.

–¿Eres una rana o un príncipe?

–Es el señor Whittaker, Cassie, y es abogado. ¿Sabes lo que es un abogado, cariño?

Su hija puso los ojos en blanco.

–No soy una bebé, mamá. Tengo casi seis años y veo las series de abogados en la tele con Shelly. Siempre parecen enfadados y están todo el tiempo gritando: «¡Protesto!».

Hannah se dijo que tendría una larga charla con la niñera sobre los programas televisivos más apropiados para una niña de cinco años. Cassie empezó a dar vueltas de nuevo y Hannah la agarró por los hombros para girarla hacia Logan.

–¿Qué se le dice al señor Whittaker?

Cassie hizo una reverencia y sonrió.

–Encantada de conocerlo, señor Whittaker.

Logan esbozó una sonrisa triste y forzada.

–Igualmente, alteza.

A Cassie la complació sobremanera el trato dispensado.

–¿Tienes una hija pequeña?

Logan apartó la vista un momento.

–No, no tengo.

–¿Y un niño pequeño? –acompañó la pregunta con una mueca de desagrado.

–Tampoco. No tengo hijos.

Hannah percibió la incomodidad de Logan y la achacó a alguien que no había pasado mucho tiempo con niños y a quien seguramente no le gustaban.

–Bueno, hechas las presentaciones, ve a recoger

46

tus juguetes, Cassandra Jane, y empieza a pensar lo que te pondrás el lunes para ir al colegio, ya que por lo general tardas dos días como poco en decidirte.

Su hija frunció el ceño.

–¿No puedo ponerme esto?

–Creo que deberías reservarlo para la hora del recreo. Y ahora muévete, vamos.

Cassie retrocedió hacia el comedor sin dejar de sonreír a Logan.

–Creo que eres un príncipe –dijo, antes de darse la vuelta y echar a correr.

Hannah devolvió la atención a Logan.

–Lo siento. Está como loca con los cuentos de hadas y no distingue a los conocidos de los extraños, lo cual me preocupa. Tengo miedo de que un día encuentre a alguien con malas intenciones. Siempre la estoy previniendo.

–Entiendo que te preocupe –dijo él–. Pero tendrás que confiar en que recuerde tus advertencias cuando llegue el momento.

Hannah suspiró.

–Eso espero. Lo es todo para mí y a veces me gustaría encerrarla en su habitación hasta que cumpla los dieciocho.

Logan sonrió.

–¿Envuelta en papel burbuja?

A Hannah le gustó que se acordara de los comentarios de la noche anterior.

–Papel burbuja con pedrería… Bueno, ¿qué estabas diciendo cuando nos interrumpió la reina?

47

–¡Mamá! ¿Dónde están mis pantalones morados?

Hannah apretó los dientes con frustración.

–Espera un momento, Cassie.

–Oye, puede que no sea un buen momento para hablar de esto –dijo Logan.

Hannah empezaba a preguntarse lo mismo.

–Tienes razón. Y lo mejor es agradecer tu propuesta pero rechazarla.

Logan recibió un mensaje. Se sacó el móvil del bolsillo y tocó la pantalla.

–Ha llegado el conductor.

–Entonces será mejor que te vayas –se oyó a sí misma decepcionada.

Él se guardó la cartera y se desenrolló las mangas de la camisa.

–¿Tienes un boli y un papel a mano para que pueda dejarte mis datos?

Hannah agarró un bolígrafo del recipiente y arrancó una hoja de un bloc.

–Toma, pero ya tengo tu tarjeta.

Logan le dio la espalda y anotó algo en la hoja.

–Sí, pero no tienes mi dirección.

Hannah tragó saliva.

–¿Para qué iba a necesitar tu dirección?

Él volvió a encararla, le agarró la mano y le puso la hoja en la palma.

–Por si cambias de opinión y decides pasar unos días en Cheyenne como mi invitada.

La tentación era casi irresistible, pero…

–Tendría que preguntarle a mi amiga Gina si

48

puede quedarse con Cassie. Y tendría que dejar de buscar trabajo.

Logan miró brevemente a su alrededor y se inclinó para darle un ligero beso en los labios.

–Si decides venir, no tienes por qué avisar. Prefiero que me sorprendas apareciendo de improviso.

Se marchó rápidamente y Hannah se quedó en la cocina medio atontada. Cuando recuperó el control de sí misma, agarró el teléfono inalámbrico y marcó un número de camino al dormitorio. Nada más oír el familiar saludo, dijo lo único que se le ocurrió:

–¡Ayuda!

–¿Que quiere que hagas qué?

Sentada en un taburete junto a la mesa de la cocina de su mejor amiga, Hannah se sorprendió por la acalorada reacción de Gina Romero a lo que le había contado. No en vano siempre la atosigaba sin piedad para que se buscara a un hombre.

–Te lo puedo decir más despacio pero no más claro. Quiere que vaya a pasar unos días a Cheyenne e investigue si el hombre que me ha dejado la herencia era mi padre –no iba a decirle que la herencia en cuestión era una fortuna.

Gina se pasó una mano por los rubios cabellos y entornó los ojos.

–¿Eso es todo lo que quiere que investigues?

Hannah sintió que le ardían las mejillas.

–No seas tonta, Gina.

–Y tú no seas ingenua, Hannah.

–No soy ingenua –aunque tampoco del todo sincera–. Está intentando ayudarme.

Gina le dio otra galleta a su hijo de ocho meses, Trey, cuando este empezó a agitarse en su sillita.

–Dime qué tiene de especial ese abogado misterioso que está empeñado en ayudarte.

–Bueno, es alto, tiene el pelo oscuro y los ojos marrones. Ah, y se le forman unos hoyuelos increíbles.

Gina puso los ojos en blanco, igual que había hecho Cassie.

–Esta bien… Así que está como un queso. ¿Algo más?

–Pues sí. Es socio de un prestigioso bufete de Cheyenne.

–¿Y su trasero? –le preguntó en voz baja.

Hannah sonrió al recordarlo.

–De alucine.

–¿Y entonces por qué no estás en casa haciendo las maletas?

–Para ti puede ser suficiente, pero yo aún tengo dudas.

–A menos que me estés mintiendo y tenga ochenta años y conduzca un Seiscientos, deberías lanzarte sin pensarlo.

–Tiene treinta y ocho años y conduce un Mercedes. Pero no tiene hijos y está divorciado.

–No todos los hombres divorciados son unos ogros, Hannah –arguyó Gina–. No puedes jugarlo basándote en tu experiencia con aquel Henry como se llame con el que saliste un tiempo.

–Solo salí con él un par de veces. Pero ya sabes que no me fío de ningún hombre que haya fracasado en su matrimonio.

Gina frunció el ceño.

–Hay muchas causas por las que un matrimonio no funciona. Tal vez ni siquiera fuese culpa suya.

Hannah no podía rebatirla, puesto que no conocía los detalles del divorcio de Logan.

–Pero ¿y si fuera su culpa? ¿Y si tiene algún vicio tan horrible que no se pueda pasar por alto? O peor aún, ¿y si engañó a su mujer?

–Dime, ¿este abogado hizo algo extraño en vuestra cita, como el Henry aquel con el que saliste? ¿Se limpiaba los dientes con un palillo o eructaba? ¿Intentó desabrocharte el sujetador al daros un abrazo de buenas noches?

–No nos dimos un abrazo de buenas noches.

–Qué lástima…

–Pero lo besé.

Gina dio un manotazo en la mesa, haciendo reír al bebé.

–¿Llevas ahí sentada diez minutos y me lo dices ahora?

–Fue un error… Había tomado unas copas de más y supongo que perdí el sentido del pudor.

Gina la miró con picardía.

–¿Perdiste algo más después de besarlo… como la ropa?

–Por supuesto que no. Acababa de conocerlo y no soy tan estúpida.

–Y sin embargo estás pensando en irte con él –le recordó Gina.

–No me estaría yendo con él a ninguna parte. Simplemente me quedaría en su casa, que según él es enorme.

–Me pregunto si su casa es lo único enorme…

Hannah le golpeó amistosamente el brazo.

–Ya está bien. Se trata de llenar los huecos en la historia de mi familia, no de intimar con Logan.

–Claro, Hannah. Sigue diciéndotelo a ti misma y a lo mejor empiezas a creértelo.

Solo Gina era capaz de leerle el pensamiento.

–¿Y qué si me siento atraída por él? ¿Qué hay de malo?

Gina agarró la galleta que Trey le arrojó.

–Absolutamente nada. Al contrario, amiga, ya es hora de que empieces a vivir de nuevo.

–Nunca he dejado de vivir, amiga. He terminado los estudios, he criado yo sola a mi hija y estoy a punto de empezar una nueva carrera.

–No olvides los cuidados que le dispensaste a la ingrata de tu madre durante los últimos meses de su enfermedad –le puso una mano en el brazo–. Lo que has hecho por tu familia desde la muerte de Danny es digno de admiración. No sé si yo podría hacer lo mismo si algo le ocurriera a Frank. Pero ahora tienes que pensar en ti.

Hannah seguía con sus dudas.

–¿Y si hago este viaje porque decido que quiero pasar mucho más tiempo con Logan y al final acabo sufriendo?

–Eso solo ocurrirá si le dejas que te haga daño.

–Es verdad, pero no te imaginas cómo me sentí anoche con él. Ni siquiera era capaz de pensar.

–Es lo que tiene la química…

–Me preocupa que sea algo más que eso, Gina. No sé cómo explicarlo… Tengo el presentimiento de que es una buena persona y que también él lo ha pasado mal en la vida.

Gina sacó a Trey de la trona, lo dejó en el parque y le indicó a Hannah que se sentara junto a ella en el sofá. Hannah lo hizo y se preparó para el sermón de su amiga.

–Adelante, ilústrame con tu sapiencia. Soy toda oídos.

Gina le sonrió.

–Desde siempre te has esforzado por ser la mejor en todo. La mejor animadora, la mejor estudiante, la mejor compañera… Una chica buena de los pies a la cabeza, vaya.

–¿Y qué hay de malo en eso?

–Nada, si no fuera porque solo lo hacías para complacer a tu madre… sin que sirviera de nada. Luego te casaste con Danny con solo veinte años y sacrificaste tu carrera para ponerte a trabajar y que él pudiera seguir estudiando cuando sus padres dejaron de mantenerlo por haberse casado contigo.

Hannah sintió que empezaba a hervirle la sangre.

–Amaba a Danny con todo mi corazón, y él a mí también.

–Sí, por supuesto, y a diferencia de Ruth apreció muchísimo tus esfuerzos. Pero ¿no crees que ya es hora de divertirte un poco?

–Puede que tengas razón, pero ¿qué hago con Cassie?

Gina la miró como si hubiera perdido el juicio.

–¿Cuántas veces te has quedado con Michaela cuando Frank y yo nos íbamos de la ciudad por unos días, incluso cuando estaba embarazada de Trey? Ahora me toca devolverte el favor y quedarme con Cassie el tiempo que necesites para investigar a fondo a ese abogado.

Hannah se vio invadida por un torrente de imágenes a cada cual más erótica y morbosa, pero se obligó a ser realista una vez más.

–¿Vas a quedarte con dos niñas y un bebé? No me parece justo.

Gina se levantó y se puso a recoger los juguetes que Trey arrojaba fuera del parque.

–Ya estoy acostumbrada a las trastadas de este diablillo, y las niñas estarán en la escuela durante el día. A no ser que pienses estar fuera hasta que alcancen la pubertad, no habrá ningún problema.

–Si me voy –y aún no estaba decidida–, solo sería un par de días. Una semana como mucho. Pero vas a tener que ocuparte de los tres por la noche, y también de tu marido y…

Gina levantó un dedo para hacerla callar.

–Frank puede cuidar de sí mismo, está muy bien enseñado. Y además, ya está hablando de tener otro hijo el año que viene, así que será mejor que me vaya preparando.

Del pasillo llegaron unas risas infantiles en aumento. Una bola de fuego y otra de pelo castaño entraron corriendo en la habitación, ataviadas con vestidos de noche y las caras maquilladas.

–¿Estamos guapas, mamá? –preguntó Cassie mientras giraba sobre sí misma con un vestido rojo de lentejuelas.

–Mucho –mintió Hannah, observando el pintarrajeado rostro de su hija–. ¿Pero tienes permiso para saquear el armario de Gina?

–Los han sacado del baúl, Hannah –explicó Gina–. Cassie lleva mi vestido de graduación y Michaela, el tuyo.

Hannah reconoció el vestido negro de seda, pero no recordaba habérselo dado a su amiga.

–¿Qué haces tú con mi vestido?

Gina adoptó una expresión avergonzada.

–Lo tomé prestado y se me olvidó devolvértelo.

La sonrisa de Mickey parecía tan torcida como la cola de caballo, gracias al pintalabios rojo pasión que le rodeaba la boca.

–¿Puedo quedármelo, Hannah?

–Sí, cariño, puedes quedártelo –no sería una gran pérdida, ya que le recordaba a Ryan, el chico con el que fue al baile de graduación y que estuvo manoseándola toda la noche como un pulpo.

–¿Hay algo que quieras preguntarle a tu hija, Hannah? –inquirió Gina.

Hannah pensó que no pasaría nada por comprobar la reacción de Cassie a la posibilidad de que ella se marchara a Cheyenne.

–Cariño, si me voy de viaje unos cuantos días… ¿te gustaría quedarte aquí con Michaela y Gina?

Cassie se quitó los tacones y se abrazó a su madre con tanto ímpetu que a punto estuvo de derribarla.

–¡Sí quiero, mamá! ¿Cuándo te vas?

Buena pregunta. Hannah se subió a Cassie al regazo y le dio un beso en la maquillada mejilla.

–Todavía no lo sé. Puede que esta noche, o a lo mejor mañana.

Cassie pareció profundamente decepcionada.

–Vete esta noche, por favor. Mickey y yo queremos hacer una boda. Gina ha dicho que podemos usar su vestido.

Hannah miró a Gina.

–¿Es eso cierto?

–Sí. Pero ya se les ha advertido que el novio será un animal de peluche o el hermanito pequeño, no un chico del barrio.

Cassie se acercó a los pies de Hannah y la miró esperanzada.

–¿Puedo quedarme, mamá? Te prometo que me portaré bien, ayudaré a Mickey a ordenar su cuarto y me iré a la cama cuando me lo digan.

–Ya lo veremos. Ahora ve a lavarte la sombra de ojos. Pero antes quiero hacerte una foto.

Sacó el móvil del bolsillo mientras las niñas posaban con una sonrisa de oreja a oreja. Les sacó la foto y las dos se marcharon corriendo y chillando.

Entonces Hannah vio que había recibido un mensaje en el móvil.

–Hablando del rey de Roma…

Gina se acercó.

–¿El abogado?

–Sí.

–¿Qué dice?

–«La cena es a las siete. Comida italiana. Tengo una botella de vino. Lo único que falta eres tú».

–Hay algo que no me convence –dijo Gina.

Hannah se guardó el teléfono y miró a su amiga.

–¿Tienes algo en contra de la comida italiana?

–Lo que me preocupa es que no ha mencionado el sexo.

Hannah le dio un codazo en las costillas.

–¿Podrías dejar el tema del sexo, por favor? Tenemos a dos menores de edad en casa que aparte de ser extremadamente impresionables lo oyen todo en veinte kilómetros a la redonda.

Gina se levantó del sofá y agarró al bebé.

–Vamos, Hannah. Ponte tu conjunto más sexy y sigue adelante con el programa.

Hannah se dio cuenta de algo.

–¡Oh, no! Lo único que tengo son braguitas y sujetadores sencillos. No tengo ni una prenda sexy en el cajón.

Su amiga se sentó en la mecedora con el bebé.

–Aún es temprano. Tienes tiempo para remediarlo. Pero deberías empezar a moverte si quieres estar en Cheyenne al atardecer –dijo Gina mientras acunaba a su hijo en la mecedora.

Un torrente de recuerdos asaltaron a Hannah. Recordó cuando mecía a su hija recién nacida, invadida por un amor infinito mezclado con una profunda tristeza al saber que el padre de su hija jamás compartiría aquellos momentos. En secreto albergaba el anhelo de tener otro hijo algún día y poder compartirlo con alguien especial. Y no creía que Logan Whittaker fuese el hombre indicado para hacer realidad aquella ilusión.

–¿Qué pasa ahora, Hannah?

Hannah miró a Gina con los ojos llenos de lágrimas.

–Nada… Solo estaba recordando cuando Cassie era pequeña. El tiempo pasa tan rápido.

–Es verdad, y por eso hay que aprovecharlo –afirmó Gina–. Cómprate algún conjunto de lencería sexy, luego haz las maletas y vete a Cheyenne.

–¿De verdad te parece lo correcto?

Gina suspiró.

–Nunca lo sabrás a menos que lo intentes, así que deje de darle vueltas y hazlo.

Su mejor amiga tenía razón. El que no arriesgaba no ganaba.

Tal vez se arrepintiera de su decisión, pero no se iba a quedar con la duda.

Capítulo Cuatro

Ni en millón de años Logan hubiera creído a Hannah capaz de hacerlo. Y sin embargo allí estaba, en su puerta, con una blusa azul, unos vaqueros ceñidos y un pequeño bolso plateado. Al verla Logan se sintió repentinamente en desventaja con su camiseta azul marino descolorida, sus desgastados vaqueros y sus maltratadas botas. Hannah había aparcado bajo el pórtico y tenía dos maletas a sus pies, calzados en unos tacones negros que a Logan le evocaban unos pensamientos del todo inapropiados en esos momentos.

–Has venido –dijo, sin poder disimular su asombro.

–Supongo que debería haber llamado –replicó ella, claramente preocupada.

–Te dije que me sorprendieras.

–Sí, pero deberías haberte visto la cara al abrir la puerta.

Él sonrió.

–Creía que eras la asistenta.

Por suerte ella le devolvió la sonrisa.

–Tendremos que trabajar duro para dejar de confundir nuestras respectivas identidades.

Personalmente, Logan tendría que trabajar mucho más duro para no ceder al impulso de besarla cada vez que la veía.

–Lo haremos después de cenar.

–De acuerdo, siempre que no tenga que cocinar yo.

Logan agarró las maletas de Hannah y se apartó para dejarla entrar.

–Pasa y ponte cómoda. Estás en tu casa.

Nada más entrar, Hannah levantó la mirada hacia el vestíbulo de dos plantas con una escalera a cada lado.

–Impresionante…

–Sí que lo es –corroboró Logan–. Pero en general la casa es más cómoda que elaborada.

Ella lo miró con cinismo.

–Es una mansión.

Él echó a andar hacia la escalera de la derecha.

–Te enseñaré tu habitación y luego el resto de la casa.

Hannah lo siguió al segundo piso. Logan se detuvo en el rellano y la dejó pasar delante por una razón puramente egoísta y muy masculina… Mirarle el trasero.

–Gira a la derecha y sigue hasta el final del pasillo.

Ella se detuvo para mirar el primer dormitorio.

–Muy bonita. Me gustan las franjas azules y amarillas.

Logan no habría elegido aquellos colores, pero si a ella le gustaban también a él.

–La casa estaba así cuando la compré. Mi decoradora se ocupó de los toques finales. Esas cosas no son lo mío.

–Es muy buena. Seguro que tiene clientes haciendo cola para contratarla.

–La verdad es que no se dedica profesionalmente a la decoración. Es una buena amiga mía.

–¿Cómo de buena?

Logan advirtió el tono de sospecha en su voz y supo exactamente lo que estaba pensando.

–Se llama Marlene y tiene sesenta años. Te la presentaré en un futuro próximo –decidió omitir el dato de que era la cuñada del difunto J.D. Lassiter.

Ella se asomó al interior del baño y a la siguiente habitación. Se detuvo ante la siguiente puerta, que estaba cerrada.

–¿Qué hay aquí?

Una habitación que Logan no había tenido el coraje de tocar para no desenterrar viejos recuerdos.

–Es una habitación para niños que aún no he reformado. No hay prisa, ya que tengo otras tres habitaciones de invitados.

Ella lo miró y Logan supo que no lo creía.

–¿Seguro que no es tu guarida secreta?

–Esa está abajo –respondió él, aliviado por que Hannah no sospechara el verdadero motivo.

–¿Te importa si echo un vistazo?

–Adelante.

Hannah abrió la puerta y su expresión lo dijo todo al entrar. La habitación parecía sacada de un cuento de hadas, con cuatro princesas pintadas en las paredes y cojines rosas en el alfeizar de la alta ventana con vistas al jardín delantero.

–A Cassie le encantaría… La niña que viviera aquí era muy afortunada.

Al menos la niña de alguien había sido afortunada, pensó él.

–A mí no es que me guste mucho… De niño prefería los rodeos y el béisbol.

Ella se giró hacia él con una sonrisa.

–¿Así es como tienes decorada tu guarida?

–Lo verás por ti misma después de que te hayas instalado. Ya casi hemos llegado.

–A sus órdenes, capitán –respondió ella con una reverencia.

Logan salió al pasillo sonriendo y caminó hasta la puerta que había dejado cerrada a propósito para deleitarse con la reacción de Hannah al abrirla. Tal y como esperaba, Hannah se quedó pasmada al ver las Montañas Rocosas recortadas contra el cielo anaranjado a través de la pared de cristal.

–Es increíble…

También lo fue la reacción física de Logan a su voz ahogada, pero se controló y dejó las maletas en el banco situado a los pies de la cama.

–Aquí estoy de acuerdo contigo. Esta vista es mejor que la de mi habitación, como tú misma podrás comprobar –advirtió la inquietud de Hannah y dio marcha atrás–. Está incluido en la visita guiada, a no ser que prefieras descartarlo.

Ella negó con la cabeza.

–No. Los dos somos personas adultas y puedo entrar en tu habitación sin miedo a que me pase nada.

A Logan no le importaba quedarse allí con ella un rato más, pero no se lo dijo.

–El baño está a tu izquierda.

Ella atravesó la habitación, abrió las puertas y lo miró con una sonrisa.

–¿Es aquí donde celebras tus fiestas?

No estaría mal celebrar una fiesta privada en la ducha, solo ellos dos…

–No, pero supongo que en la ducha cabrían hasta seis personas, y al menos cuatro en la bañera.

Hannah entró y pasó la mano sobre uno de los dos lavabos.

–Me siento como si hubiera muerto y subido a un hotel de cinco estrellas en el cielo.

Logan sí que se moriría si no la besaba pronto.

–Es todo tuyo para que lo disfrutes durante tu estancia.

Ella se giró y se apoyó en la encimera.

–Me gustaría darme un baño de espuma…

Y a él acompañarla en la bañera.

–Sería mejor que esperases hasta después de la cena. Estará lista enseguida.

Hannah se irguió y volvió a sonreír.

–Genial, porque me muero de hambre.

Y él también… por recibir su atención exclusiva.

–Prosigamos con la visita –dijo, antes de sugerir

que se olvidaran de la cena y probaran la bañera. No podía revelarle sus verdaderas intenciones.

Le enseñó el piso superior y luego la llevó abajo, donde le mostró el salón, su estudio y la sala de juegos, para finalmente detenerse en la última parada antes de conducirla a la cocina.

–Y este es mi lugar favorito… La sala multimedia –dijo al tiempo que abría las pesadas puertas dobles.

Hannah recorrió con la mirada las paredes insonorizadas de color gris mientras bajaba por la rampa enmoquetada. Se detuvo para pasar una mano por el brazo de un sillón beis y se giró hacia él.

¿Una sala multimedia? Se parece más a un cine… Solo falta la máquina de las palomitas.

Él señaló con la cabeza hacia su izquierda.

–En el mostrador de detrás de esa cortina, junto al dispensador de refrescos.

–Claro…

Su tono de desaprobación hizo que Logan se pusiera a la defensiva.

–Todo esto ya estaba aquí cuando compré la casa, incluida una inmensa colección de películas –la mayoría de las cuales no había visto porque no le gustaba ver una película solo. Algo que pensaba remediar muy pronto…

Hannah se cruzó de brazos y se acercó lentamente a él.

–Me encantaría ver tu colección.

–Por supuesto, pero ahora será mejor que vaya a

ocuparme de la cena, no vaya a ser que se queme todo y tengamos que pedir una pizza.

Ella hizo un gesto hacia la salida.

–Después de ti.

Lo siguió en silencio hasta la cocina, donde una vez más miró maravillada a su alrededor.

–Electrodomésticos de última generación, suficientes muebles y alacenas para albergar provisiones para un ejército y una isla de acero inoxidable por la que vendería mi alma… ¿Seguro que tienes un robot escondido en alguna parte que te prepara la comida?

Se lo dijo con una sonrisa. Logan nunca se había preocupado por buscar la aprobación de los demás, pero por alguna razón la opinión de Hannah le importaba.

–Nada de robots. Solo estoy yo y a veces la asistenta. Aprendí a cocinar después del divorcio. O eso o me moría de hambre.

Hannah ocupó el taburete negro junto al horno y cruzó las manos por delante.

–Espero que sepa tan bien como huele.

Logan rodeó la isla, apoyó los codos en la encimera y se dobló por la cintura.

–Nunca he fallado con esta receta –no podía decir lo mismo de su autocontrol, porque estaba teniendo serios problemas para refrenar sus fantasías.

–¿Qué vamos a tomar?

–Los *mostaccioli* de los que te hablé.

–Siempre hay que probar cosas nuevas.

–Es estupendo compartir algo nuevo con alguien que no lo conoce.

–Estoy impaciente por probar muchas cosas nuevas mientras esté aquí.

Se mantuvieron la mirada mientras el aire se cargaba de tensión y del olor de la pasta, hasta que Hannah rompió el contacto visual y se inclinó hacia el horno.

–Según esto, aún faltan cinco minutos.

Él se enderezó y consultó el temporizador antes de volver a mirarla.

–Cierto, y después tiene que reposar otros diez minutos –tenía que encontrar un tema de conversación urgentemente–. ¿Cómo le ha sentado a tu hija que te vengas aquí?

Hannah frunció el ceño.

–Estaba encantada de perderme de vista. Por lo visto una madre no puede competir con las amigas y sus hermanos pequeños.

–Supongo que también los críos necesitan descansar de sus padres de vez en cuando.

Ella soltó un débil suspiro.

–Pues sí, pero nunca nos hemos separado tanto tiempo. Me alegra saber que está en buenas manos y que se lo pasará en grande vistiéndose como una fulana.

Hannah sacó el móvil del bolsillo y se lo mostró.

–Esta foto la saqué esta mañana. Son mi hija y su mejor amiga, Michaela.

Logan empezó a reírse, pero la risa se apagó al fijarse en la niña que estaba junto a la hija de Hannah. El parecido no era muy grande, pero se vio asaltado por los recuerdos de su hija pequeña, a la que habían puesto el nombre de Grace.

Tragó saliva y le devolvió el móvil a Hannah.

–Tienen una imaginación increíble.

–Y que lo digas, pero no me gusta que intente crecer tan rápido.

Logan lo cambiaría todo por poder ver crecer a su hija, pero se la habían arrebatado al cabo de cuatro breves años. Aquel sería un buen momento para contárselo a Hannah, pero aún no estaba preparado. No estaba seguro de que alguna vez pudiera hacerlo.

–¿Quieres una copa de vino mientras esperamos la cena?

–Claro –aceptó ella con una sonrisa–. Pero solo si tú también tomas otra. He decidido que no volveré a beber sola.

–No suelo beber vino, pero de vez en cuando me tomo una cerveza.

–Lo que tú prefieras.

Lo que preferiría no tenía nada que ver con la bebida sino con ella, pero ya se ocuparía de aquel pensamiento más tarde. En aquellos momentos tenía que hacer de anfitrión.

Fue hasta un pequeño bar y sirvió una copa de vino tinto. Acto seguido sacó su cerveza rubia favorita del frigorífico y volvió junto a Hannah.

–Espero que este vino sea de tu agrado.

–Seguro que sí, ya que solo puedo permitirme el

vino barato… Y no te molestes en decir que podría permitirme el mejor vino del mundo si aceptara la herencia, porque aún no he cambiado de idea.

–Por mí, estupendo. Si rechazas la herencia el dinero se destinará a obras de caridad a través de la Fundación Lassiter.

Hannah pareció sorprendida.

–No creía que J.D. supiera lo que es la caridad después de la forma que trató a mi madre.

–Y a ti –añadió Logan–. Pero la verdad es que siempre ha sido un filántropo y un buen padre, por lo que me sorprende que ignorase a una hija suya.

–Tal vez tuviera sus razones, pero no creo que llegue a saberlas nunca. Ni siquiera sé si quiero saberlas.

Logan no quería estropear la velada enredándose en los lazos emocionales del pasado.

–¿Qué tal si nos centramos en el momento y dejamos el resto para más tarde?

Hannah sonrió y levantó su copa.

–Por la procrastinación.

Logan se rio y brindó con su cerveza.

–Y por la buena comida, los nuevos amigos y más buena comida.

Ella tomó un sorbo de vino y dejó la copa.

–No me cebes demasiado. Si subo dos kilos más tendré que perder seis en vez de cuatro.

–No te hace falta perder peso –dijo él con toda sinceridad–. Estás genial.

Ella bajó un momento la mirada.

–Gracias, pero tengo que volver a ponerme en forma para poder dar volteretas hacia atrás.

El comentario hizo sonreír a Logan.

–Tengo bastante terreno, por si quieres practicar después de la cena.

–¿Crees que es buena idea hacerlo a oscuras?

No, pero se le ocurrían otras cosas que le gustaría hacer con ella a oscuras. Y también a la luz del sol.

–Tienes razón. Tengo otro lugar que enseñarte.

Ella dobló el codo y apoyó la mandíbula en la palma.

–¿Adónde piensas llevarme?

A un lugar donde nadie la había llevado antes, pero no quería precipitarse ni hacerse ilusiones… de momento.

–Es mi segundo lugar favorito.

Ella entornó los ojos.

–Supongo que no te referirás a tu dormitorio, ya que lo has excluido de la visita.

Lo había excluido a propósito en su esfuerzo por no ir demasiado rápido.

–Frío, frío.

–¿Puedes darme una pista?

Logan alargó el brazo y le apartó un mechón de la mejilla.

–Esta noche me has dado una sorpresa. Ahora me toca a mí.

**

Hannah tuvo que admitir que se sorprendió cuando Logan sugirió que dieran un paseo después de cenar. Ya la había sorprendido antes con sus habilidades culinarias. Nunca había probado algo tan exquisito preparado por un aficionado que además fuera un hombre.

Seguro que sus habilidades iban más allá de la cocina, especialmente las que se desarrollaban en el dormitorio. Pero por mucho que deseara ver su habitación agradeció que Logan no la tentara con aquella posibilidad.

Logan le dijo que la temperatura había bajado hasta los siete grados y Hannah subió a cambiarse después de haber recogido juntos la cocina, confiando en que la llegada de mayo trajera más calor en los próximos días. Rebuscó en la maleta que aún no había deshecho y sacó una sudadera. Se cambió los tacones por unas zapatillas deportivas, se retocó rápidamente el maquillaje y bajó corriendo la escalera.

Encontró a Logan esperándola en la puerta trasera, justo donde le había dicho.

–Lista para quemar esa cena tan deliciosa.

Él ladeó la cabeza y la examinó.

–¿De verdad te ha parecido tan buena?

–Creo que te lo dije cinco veces durante la cena, por lo menos, cuando no estaba relamiéndome de gusto.

La sonrisa de Logan iluminó sus misteriosos ojos marrones.

–Solo quería asegurarme.

Abrió la puerta y Hannah lo precedió en la salida. Se llevó una sorpresa cuando Logan le puso la mano en el trasero para guiarla hacia un sendero pedregoso iluminado por la luna. Por desgracia dejó caer la mano cuando emprendieron la marcha, pero la espectacular imagen de las Rocosas recortadas contra el cielo estrellado la ayudó a distraerse.

–Se está muy bien aquí fuera, aunque haga un poco de frío.

–A mí me parece una temperatura muy agradable.

Ella lo miró un momento y devolvió la vista al frente para no tropezar.

–Me parece increíble que no te estés helando con esta chaqueta tan ligera.

–Apenas sopla viento, y soy de sangre caliente.

De eso no tenía Hannah la menor duda.

–¿Qué es ese edificio a lo lejos?

–Un granero.

–¿Ahí es a donde me llevas?

–No.

Hannah no entendía por qué se mostraba tan enigmático.

–¿Me vas a tener en ascuas?

–Sí, pero merecerá la pena.

Por un revolcón en el heno del granero ya le merecería la pena a Hannah, pero mejor si se guardaba sus opiniones.

Siguieron caminando en silencio hasta que una alambrada les cerró el paso.

71

–Hemos llegado –dijo Logan, apoyando un pie en el travesaño inferior y el codo en el superior.

Hannah se colocó a su lado y esperó a que los ojos se le adaptaran a la oscuridad. El pasto se extendía en pendiente hasta un arroyo bordeado por unos cuantos árboles. A poca distancia distinguió dos animales que pastaban tranquilamente.

–¿Son esos tus caballos?

–Sí. Harry y Lucy.

–¿No participaron en una comedia de los años cincuenta?

Logan se rio.

–No lo sé. Ya tenían esos nombres cuando los adquirí.

Ella se apoyó en un poste y contempló el perfil de Logan. Era perfecto, desde la frente hasta el mentón.

–¿Desde cuándo los tienes?

–A Harry lo compré cuando cumplí dieciocho años. Era un castrado de un año. Lo entrené para convertirlo en un buen caballo de apartar. Ahora tiene veinte años.

Hannah no sabía lo que era un caballo de apartar, pero no quería quedar en evidencia.

–¿Y Lucy?

Logan se quedó callado unos segundos.

–La tengo desde hace diez años. Es una yegua de paseo ideal para niños.

–Ideal para mí, entonces.

Él bajó el pie y se giró hacia ella.

–¿Nunca has montado?

Hannah se estremeció por dentro al pensarlo.

–Dos veces. La primera con dieciséis años, en un paseo con unos amigos. Me dijeron que un entorno controlado era el mejor lugar para empezar. Pero no se lo dijeron a Flint, mi caballo, que de repente decidió apartarse del grupo y empezar a galopar. Tuve que emplear todas mis fuerzas para detenerlo. El guía tuvo que atarlo a su caballo para tenerlo controlado.

–¿Y después de eso te atreviste a montar otra vez?

–En una playa de México. Monté una yegua tan buena y dócil que al final del paseo me confié lo bastante para galopar –cerró los ojos–. El viento me agitaba los cabellos, el sol me daba en la cara y sentía la espuma del mar a mis pies. Fue increíble.

–Tú sí que eres increíble.

Ella abrió los ojos y la vio mirándola.

–¿Por qué?

–La mayoría de las personas no se atreverían a volver a montar después de una mala experiencia. Empiezo a dudar de que haya algo que te asuste.

Le asustaba lo que sentía cuando estaba con él.

–Te aseguro que tengo miedos como todo el mundo. Simplemente intento que no me dominen.

Logan se acercó y le acarició la barbilla.

–¿Tendrías miedo si volviera a besarte?

–No –más bien lo tendría si no lo hiciera.

Él se inclinó y la besó en la mejilla.

–¿Y si te dijera que no he dejado de pensar en ti en los dos últimos días?

–Me alegra saberlo, porque yo tampoco he dejado de pensar en ti… En los dos estando juntos… –le entrelazó los dedos, dejando claras sus intenciones–. Ha pasado mucho tiempo, Logan. No me tomo estas cosas a la ligera.

–Lo entiendo y lo respeto –dijo él sin parecer decepcionado en absoluto–. Por eso esta noche solo quiero besarte.

Y lo hizo maravillosamente bien. Los besos anteriores habían sido breves y precipitados, pero en esa ocasión Logan le exploró la boca con una suavidad exquisita, delicadamente con la lengua y permitiéndole asimilar las sensaciones. Ella respondió con un débil gemido y con la necesidad de estar más pegada a él. Lo abrazó por la cintura y él entrelazó una mano en sus cabellos mientras le posaba la otra en el trasero para pegarla contra su cuerpo. El frío desapareció al instante, sustituido por un calor abrasador que se le concentró en las partes íntimas a Hannah, haciendo que un reguero de humedad brotara a su paso.

Había pasado mucho tiempo sin que la besaran de aquella manera, sin sentir lo que sentía, sin experimentar un deseo tan fuerte que si Logan la tirase al suelo y le arrancara la ropa, ella no le pondría ningún impedimento.

Pero él tenía otras ideas, porque interrumpió el beso y pegó la frente a la suya.

–Te deseo tanto que me duele…

Hannah había percibido aquella necesidad al rozarse sus pelvis.

–No se puede controlar la química… Más bien nos controla ella.

Él se echó hacia atrás y la miró a los ojos.

–Pero no quiero echarlo todo a perder, Hannah. Así que vamos a ir despacio y a conocernos bien… Pero antes de que marches pienso hacerte el amor de una manera que jamás olvidarás.

Hannah se estremeció al pensarlo.

–Está usted muy seguro de sí mismo, señor Whittaker.

–Simplemente sé lo que quiero y cuándo lo quiero, y te quiero a ti –le pasó la punta de la lengua por la oreja–. Y creo que tú me deseas también. Así que vámonos de aquí antes de que cambie de idea y te desnude en el suelo.

El cuerpo de Hannah reaccionó con otra ola de calor y humedad. Volvieron a la casa de la mano, como dos jóvenes inocentes que acabaran de darse su primer beso en vez de dos adultos que se acercaban al punto sin retorno.

Cuando Logan le dio las buenas noches en la puerta de la habitación, le faltó muy poco para arrojar la prudencia por la ventana y abandonarse a una noche de salvaje desenfreno.

No tenía dudas de que era un hombre de palabra. Pero si daba aquel salto y hacía el amor con él… ¿sufriría otro golpe devastador?

Capítulo Cinco

–¿Cómo que no lo has hecho?

Era lo último que Hannah quería oír por la mañana. Conectó el altavoz y dejó el móvil en la cama mientras se ponía los zapatos.

–Resulta que es un caballero, Gina. Y no te he llamado para hablar de mi vida sexual, sino para hablar con mi hija.

–No tienes vida sexual, y no puedes hablar con Cassie porque no está aquí ahora mismo.

–¿Dónde está?

–Por ahí, con unos moteros a los que conoció anoche en un bar.

–Estoy hablando en serio, Regina Gertrude Romero.

–Sabes que no soporto que me llames así.

–Lo sé muy bien –afirmó Hannah mientras se ponía una zapatilla–. Y ahora dime el paradero actual de mi hija si no quieres que les diga a todos los de tu club del libro que quieres ser bailarina de barra cuando termines de crecer.

Gina soltó un dramático suspiro.

–Está con Frank en casa de su hermana. Han ido a bañarse, estamos casi a treinta grados.

–¿Seguro que hace bastante calor para bañarse? –preguntó Hannah con inquietud–. Porque aquí hace frío.

–Lo he comprobado, Hannah. Y no olvides que estás a ciento cincuenta kilómetros de aquí.

No lo había olvidado, y la distancia que la separaba de su hija se le antojaba de pronto un motivo de preocupación.

–Espero que los adultos estén atentos, porque Cassie…

–Sabe nadar mejor que tú y que yo –la interrumpió Gina–. ¿Cuándo dejarás de preocuparte por todo, doña Angustias?

–¿Se ha llevado protector solar? Ya sabes lo rápido que se quema…

–Sí, y también he avisado a los bomberos por si acaso.

Un sarcasmo más y Hannah perdería los nervios.

–Muy graciosa, Regina. ¿Y tú por qué te has quedado en casa?

–Trey me ha tenido despierta casi toda la noche, así que Frank nos ha dejado durmiendo. Saldré para allá dentro de una hora… Por cierto, ¿dónde está tu abogado?

–No lo sé. Acabo de salir de la ducha y todavía estoy en la habitación.

–Si estuviera contigo entendería que siguieras en la cama, pero son casi las diez. ¿No se estará preguntando si has abandonado el gallinero dejando al gallo solo?

Hannah también lo había pensado, pero no había oído ningún ruido en el piso de abajo.

—A lo mejor también él sigue durmiendo. Pero no lo sabré hasta que cuelgue.

—Captó la indirecta… Llámame esta noche para hablar con tu hija, a menos, claro está, que estés ocupada en un interrogatorio.

—Voy a colgar, Gina —dejó el móvil y se levantó de un salto, lista para encarar el día… y a Logan.

Se maquilló y peinó rápidamente y bajó corriendo la escalera mientras se tiraba de la sencilla camiseta azul y lamentaba no tener unos vaqueros mejores. Pero el estilo informal parecía casar muy bien con Logan.

Siguió el olor a café por la mansión del vaquero y lo encontró en la cocina, sentado de espaldas a ella en la isla. Llevaba una camisa azul de franela y un sombrero vaquero. Se quedó en la puerta de la cocina el tiempo suficiente para admirar sus anchas espaldas antes de sentarse frente a él.

—Buenos días.

Él levantó la vista de la taza de café y le dedicó una media sonrisa.

—Buenos días, señorita. ¿Cómo has dormido?

Como una mujer que no podía sacarse sus besos de la cabeza.

—Muy bien, gracias. El colchón es tan blando como una nube.

—Me alegra que hayas estado cómoda —señaló la encimera con la cabeza—. Queda café, si quieres.

–Enseguida me sirvo –dijo ella, y entonces vio las llaves en la mesa–. ¿Ya has salido esta mañana?

–Aún no, pero por desgracia voy a tener que hacerlo. He recibido una llamada de Chance Lassiter, el hijo de Marlene y capataz del rancho Big Blue. Necesita ayuda para buscar unos becerros que se escaparon anoche por un agujero de la cerca.

Sus planes frustrados por un Lassiter… Adiós a pasarse un domingo conociendo a Logan.

–¿Cuánto tiempo llevará eso?

–Es difícil decirlo, pero supongo que bastante rato, ya que hay que cubrir una gran extensión de terreno. Y el rancho está a media hora en coche al norte de aquí. Puedes ver la televisión o usar el ordenador para buscar información de los Lassiter. En el cajón de la mesa tienes todo lo necesario.

A Hannah le extrañó que le permitiera, siendo prácticamente una desconocida, moverse libremente por sus dominios privados.

–¿Estás seguro de que no te importa que ocupe tu despacho?

Él esbozó una sonrisa arrebatadoramente sexy.

–No tengo nada que ocultar. Mis archivos del trabajo están protegidos con una contraseña, pero si te animas a intentar hacer algo te advierto que la jerga legal de fusiones y adquisiciones te puede dar dolor de cabeza.

–¿Quieres que prepare algo de comer?

–No te preocupes por mí. En el frigorífico hay comida de sobra, así que sírvete a tu gusto.

Hannah se sentía un poco decepcionada porque no le hubiese pedido que la acompañara.

–Gracias.

–Odio tener que dejarte sola, pero…

–Soy una mujer adulta, Logan. Puedo entretenerme sola hasta que vuelvas.

Él alargó el brazo y le acarició la mandíbula con un dedo.

–Cuando vuelva tengo pensado algo de entretenimiento para ti…

Hannah se estremeció como una colegiala.

–¿En qué consistirá ese entretenimiento?

Logan se levantó, rodeó la isla y se colocó tras ella para susurrarle al oído.

–Tendrás que esperar para verlo, pero te aseguro que la espera merecerá la pena.

Hannah se giró hacia él y Logan le dio un beso tan apasionado que poco faltó para que ella cediera al impulso de hacerlo allí mismo, sobre la encimera o en el suelo.

Logan se apartó, agarró las llaves y le guiñó un ojo.

–Te avisaré cuando venga de camino.

–Aquí estaré –no se le ocurría ningún otro sitio donde quisiera estar en esos momentos, aparte de en casa con su hija. O en la cama con él.

Después de que Logan saliera por la puerta trasera, Hannah corrió hacia el salón para mirar por la ventana que daba al camino de entrada. Esperó a que la camioneta negra con el remolque para el caballo se perdiera de vista y volvió a la cocina a por café. Se sirvió una taza con abundante crema y azúcar y se comió la manzana que coronaba un frutero.

¿Y ahora qué? No le apetecía ver la tele ni tampoco leer, de modo que fue al estudio de Logan para investigar un poco en su ordenador. La puerta estaba cerrada pero sin llave, permitiendo el acceso al santuario del abogado. Un moderno ordenador ocupaba el centro de un escritorio negro e impecable. Las estanterías estaban llenas de libros de derecho y novelas policiacas basadas en hechos reales.

Se sentó en el sillón giratorio de cuero y se dispuso a encender el ordenador cuando algo le llamó la atención.

En su opinión, los cajones de la mesa de un hombre equivalían a un botiquín médico… siempre convenía registrarlos. Pero ¿se atrevería a hacerlo? No le gustaba la idea de invadir el espacio privado de Logan, aunque él le había dicho que buscase lo que necesitara. Aún no necesitaba papel ni boli, pero la curiosidad era demasiado grande.

Abrió lentamente el cajón y comprobó que estaba tan ordenado como la mesa. Un rápido examen no reveló nada fuera de lo común: unos cuantos bolígrafos en un separador de plástico junto a algunos clips. Una caja de grapas. Un montón de papel para cartas con el nombre de Logan impreso y sus correspondientes sobres.

Hannah no quedó del todo satisfecha y abrió el cajón lo más posible. Entonces vio el extremo de un objeto brillante que sobresalía bajo la agenda. Era un marco plateado decorado con ositos de peluche y globos de colores. Tenía una fecha grabada en la parte inferior «15 de febrero», doce años antes. La foto mostraba un precioso recién nacido con una mata de pelo negro, la carita redonda, los labios en un adorable puchero y un pequeño hoyuelo en la mejilla derecha. A Hannah le pareció una niña.

Logan le había dejado muy claro que no tenía hijos, por lo que podría tratarse de su sobrina, en caso de que tuviera hermanos o hermanas. Podría resolver el misterio cuando él volviera, pero como la foto estaba guardada al fondo del cajón tendría que admitir que había estado fisgoneando.

En cualquier caso, había otro misterio más acuciante en aquellos momentos. Tenía que averiguar si John Douglas Lassiter había sido el donante de esperma de su madre.

Con ese propósito en su cabeza, encendió el ordenador y abrió un buscador. Decidió que en esa ocasión escarbaría un poco más, ampliaría sus consultas y averiguaría todo lo posible sobre la familia Lassiter empezando por el principio. Leyó artículos sobre el multimillonario que se había hecho a sí mismo y sobre los negocios y empresas que había montado, desde ganado hasta su sociedad de comunicaciones en California. Se había casado con una mujer llamada Ellie y a cuyos dos sobrinos había adoptado, y se había quedado viudo cuando su mujer murió al dar a luz a una hija.

Dedicó unos momentos a observar una foto reciente de aquella hija, Angelica Lassiter, quien tal vez fuera su hermana. Era alta, esbelta y de aspecto sofisticado, con el pelo y los ojos oscuros... Nada que insinuara un parentesco entre Hannah y el supuesto cerebro de Lassiter Media.

Al parecer Angelica había roto su compromiso con Evan McCain, presidente interino de la empresa, tras una discusión sobre las condiciones que estipulaba el testamento de su padre. Un drama por todo lo alto.

Hannah siguió navegando un poco más, intentando establecer alguna relación entre J.D. y su madre, pero no encontró nada que demostrara aquella teoría.

Cuando empezó a dolerle el cuello miró la hora y se dio cuenta de que se había pasado ante el ordenador una gran parte del día. Pero Logan aún no había regresado. Se recostó en el sillón y cerró los ojos para recordar el contacto de sus labios, el cuerpo pegado al suyo, el desesperado deseo por...

El teléfono la sacó bruscamente de sus fantasías. Se levantó de un salto y se sacó el móvil del bolsillo, pero la decepción la invadió al ver el nombre de Gina y no el de Logan en la pantalla.

—No, todavía no lo hemos hecho —espetó, sin molestarse en saludar.

—¿El qué, mamá?

Genial. No era el modo en que quería introducir a su hija en la sexualidad humana.

–Hola, cariño. Te echo de menos. ¿Y tú a mí?

–Un poco.

Hannah sintió una dolorosa punzada en el corazón.

–¿Estás ya en casa de Gina?

–No. Estamos todavía en casa de tía Linda. Estamos nadando mucho.

Era curioso cómo Cassie había aceptado a la familia Romero como si fuera la suya. Pero tenía muy pocos parientes aparte de los padres de Danny, quienes apenas contaban.

–¿Te has quemado?

–Un poco en la nariz. Me van a salir más pecas, ¿verdad?

Su hija parecía casi entusiasmada por la posibilidad.

–Si sigues estando al sol, sí, seguramente te saldrán pecas.

–¿Y si me trago un níquel escupo cinco centavos?

–¿Dónde has oído eso, Cassie?

–Me lo ha dicho Frank. Me gusta Frank. Ojalá fuera mi papá. Bueno… a mi padre que está en el cielo lo quiero mucho, pero también quiero tener un padre de verdad. Mickey ha dicho que lo compartiría conmigo.

A Hannah le dio un doloroso vuelco el corazón al recordar lo difícil que había sido crecer sin un padre. Al menos Cassie sabía quién era su padre, aunque nunca lo hubiera conocido. Tenía muchas fotos de él para mirar siempre que quisiera.

–Bueno, cariño, puede que algún día lo tengas.

–¿Vas a casarte con tu príncipe?

Parecía tan esperanzada que Hannah odió tener que frustrar sus ilusiones.

–Si te refieres al señor Whittaker, es un abogado, no un príncipe. Y solo es un amigo.

–Pero es muy guapo y no tiene hijos. Todo el mundo debería tener hijos.

Hannah oyó una voz de fondo llamando a Cassie.

–Tengo que irme, mamá. ¡Vamos a tomar pizza!

–Muy bien, cariño. Dile a Gina que…

Oyó un clic y comprobó si la llamada había terminado. Así era.

Tal vez algún día pudiera darle una familia a su hija, pero no lo veía muy probable en un futuro cercano. Y desde luego no con el príncipe Logan. No conocía los detalles de su divorcio, pero no lo veía dispuesto a emprender otra vez la aventura del matrimonio. En cualquier caso, disfrutaría del tiempo que estuvieran juntos y dejaría que pasara lo que tuviera que pasar. Sabiendo que Cassie estaba muy bien sin ella, no tenía ninguna prisa por volver a casa.

–¿Por qué tanta prisa por marcharte, Logan Whittaker?

Si respondía a la pregunta tendría que explicarle lo de su invitada a Marlene Lassiter. Y aunque la mujer tenía un corazón de oro, siempre intentaba controlar su vida privada.

–Quiero darme una ducha y prepararme para mañana –y volver junto a la mujer que llevaba ocupando sus pensamientos todo el día.

Marlene se tocó sus cortos cabellos castaños y retiró una silla de la mesa del comedor para que Logan se sentara.

–Tienes tiempo para comer. He hecho mi pastel de carne favorito y pan de maíz.

Logan no se había dado cuenta de lo hambriento que estaba hasta que oyó las palabras mágicas. No había nada como la buena cocina de campo. Hannah no lo esperaba, puesto que no habían hablado, aunque eso no quitaba que estuviera impaciente por volver con ella.

–¿Te importa prepararme un plato para llevar?

Marlene frunció el ceño.

–¿Tienes una reunión o algo por el estilo?

–No exactamente.

–¿Una cita, tal vez?

Si no le arrojaba un hueso, no dejaría de acosarlo.

–Tengo a alguien en casa y me gustaría hablar un poco antes de irme a dormir.

Entre otras cosas.

Marlene se alisó el delantal.

–Muy bien. En ese caso prepararé dos platos para que ese… amigo no se quede con hambre.

Maldición. Iba a tener que aclarar lo del género.

–Seguro que estará encantada.

Marlene lo apuntó con el dedo.

–¡Ajá! Sabía que tenías una mujer en casa.

Lo decía como si estuviera reteniendo a Hannah en contra de su voluntad. Le dio la vuelta a la silla y se sentó a horcajadas.

–Antes de que empieces a sacar conclusiones erróneas, has de saber que solo es una amiga.

Marlene entró en la despensa y volvió con dos platos de plástico para llenarlos de comida.

–¿Seguro que solo es una amiga? Uno de los trabajadores dijo que parecías distraído, y no hay nada que distraiga más a un hombre que una mujer.

–Que perdiera por un momento una de las vaquillas que abandonaron el rebaño no significa que estuviera distraído. Son cosas que ocurren.

–A ti no. Pero me alegro de que vuelvas a tener por fin una cita.

Logan se debatió entre aclararle las cosas o dejar que pensara lo que quisiera. Se decantó por la primera opción.

–Estoy ocupándome de un asunto legal por ella. Por eso está aquí.

Marlene cubrió los platos con papel de plata y se volvió hacia él.

–¿Hay posibilidad de que esa relación estrictamente profesional se convierta en algo más?

–Puede ser, pero no estoy buscando nada serio en estos momentos –y tal vez nunca.

–¿Ella lo sabe, o le estás dando falsas esperanzas?

–No voy a hacer nada que la haga sufrir, si es eso lo que te preocupa. Además, no me parece el tipo de mujer que esté buscando marido. Es viuda y tiene una hija de cinco años.

Marlene frunció el ceño.

–¿Le has hablado de Grace?

Debería haberlo visto venir.

–Ya sabes que no hablo de eso con nadie salvo contigo, y solo porque no me dejaste en paz hasta que te lo conté.

–A lo mejor deberías hablar de ella con alguien más, Logan –le sugirió Marlene–. Toda esa culpa y ese sufrimiento que encierras en tu interior no te está haciendo ningún bien. No puedes seguir adelante si permaneces anclado en el pasado.

–Yo no estoy anclado en el pasado –protestó él–. Me gusta mantener mi vida en privado.

–Y si te mantienes en esa actitud nunca serás feliz –se sentó a su lado–. Eres un buen hombre. Tienes mucho que ofrecerle a la mujer adecuada. No puedes seguir culpándote por unos errores que ni siquiera cometiste. Algún día tendrás que perdonarte y seguir adelante con tu vida. Tienes que volver a creer en el amor.

Había cometido errores. Desde luego que sí. Errores imperdonables.

–No sé si eres la más apropiada para decirme esas cosas, Marlene. Tú nunca volviste a casarte después de que Charles muriera.

Marlene se giró la alianza en el dedo.

–No, no lo hice. Pero eso no significa que renunciara al amor.

Justo lo que Logan y todo el pueblo habían imaginado.

–¿Te refieres a ti y a J.D.?

–Yo no he dicho eso.

No hacía falta que lo dijera. Logan podía ver la verdad en sus ojos avellana. También lo había percibido en el funeral de J.D.

–Vamos, Marlene. Viviste aquí con él desde que te quedaste viuda. A nadie se le ocurriría culparos por estar unidos.

–Siempre estuvo entregado por completo a sus hijos y al recuerdo de Ellie –suspiró–. Su mujer lo había sido todo para él y nunca llegó a superar su pérdida.

Lo que significaba que el amor de Marlene tal vez no hubiese sido correspondido.

–¿Vas a negar que sentía algo por ti?

Ella negó con la cabeza.

–No, claro que no. Me tenía afecto, pero yo no podía competir con su amado fantasma. Aun así lo pasamos muy bien juntos.

En otras palabras, habían sido amantes. Pero a Logan no se le ocurriría preguntárselo directamente.

–Te propongo una cosa: cuando decidas volver a tener una relación estable, yo también pensaré en tener una.

Le pareció que no tenía nada de qué preocuparse con aquel pacto, pero la sonrisa de Marlene insinuaba lo contrario.

–Nunca se sabe lo que nos depara el futuro.

Logan miró la hora en el reloj de pared y se levantó.

–Será mejor que me vaya a casa, o Hannah no volverá a dirigirme la palabra.

–¿Hannah? –preguntó ella en un tono más preocupado que curioso.

–Sí. Hannah Armstrong. ¿Por qué?

Ella intentó sonreír de nuevo, pero no lo consiguió.

–Por nada. Siempre me ha parecido un nombre precioso para una chica.

Logan sospechó que le estaba ocultando algo, pero aquella noche no tenía fuerzas para hacerle más preguntas. Ya tendría una larga charla con ella más adelante. La relación de Marlene Lassiter con su cuñado podía ser la clave para resolver el misterio del pasado de Hannah.

Pero esperaría un poco más antes de sonsacarle la información a Marlene. Si realmente tenía las respuestas que buscaba, Hannah ya no tendría más motivos para quedarse. Y él no quería que se marchara.

Con gusto se hubiera quedado más tiempo en la bañera, pero al oír ruidos procedentes de la planta baja se dio cuenta de que el abogado había llegado finalmente a casa.

Salió de la bañera, se secó y se preparó para recibirlo. Como hasta unos minutos antes había tenido puestos los auriculares y no había mirado su móvil en la última hora, no sabía cuándo había regresado exactamente Logan.

Se vistió rápidamente con una camiseta blanca sin mangas y unos vaqueros negros, pero una crisis de confianza la hizo cubrirse con una blusa color coral. Se lavó los dientes, se maquilló un poco y decidió dejarse el pelo recogido en lo alto de la cabeza. Danny le había dicho muchas veces lo sexy que estaba con el pelo así… Y ella no debería estar pensando en él estando en casa de otro hombre. Un hombre tan sexy que le había robado el sentido común desde el primer momento que lo vio. Y fue esa falta de juicio lo que le hizo desabrocharse los tres botones superiores de la blusa para dejar a la vista la camiseta con remate de encaje. Una clara señal de su propósito seductor.

Apoyó las manos en el tocador y se inclinó hacia delante para examinar su rostro en el espejo. Era el mismo rostro que la miraba cada mañana, y sin embargo se sentía distinta. Tenía los nervios a flor de piel y el corazón se le iba a salir por la boca.

¿En qué estaba pensando? Con Danny había tardado tres meses en consumar la relación. A Logan solo lo conocía hacía tres días. Por otro lado, era más vieja, más madura… y estaba sola. Quería estar en los brazos de un hombre en el que empezaba a confiar. Por qué confiaba en él, no lo sabía. Tal vez por intuición, o tal vez el deseo la cegaba de tal modo que no podía pensar con claridad. Fuera como fuera, cuando creyó oír que la llamaba se puso unas sandalias plateadas, se roció con perfume y salió corriendo del baño y de la habitación.

Se detuvo en el pasillo para recuperar el aliento. Si se mostraba demasiado entusiasta podría provocar un malentendido. Tal vez se alegrara de verlo y estuviera dispuesta a un poco de diversión, pero no sabía si tenía el valor para algo más.

Bajó tranquilamente la escalera y caminó lentamente hacia el salón. No encontró allí a Logan y fue a la cocina, donde tampoco estaba. Vio un par de botas junto a la puerta y las llaves colgando del gancho, y entonces oyó el ruido de la secadora procedente del lavadero adyacente, tan grande como su apartamento de Boulder. Al menos no se había imaginado que Logan había llegado, pero tal vez se había imaginado que la había llamado.

Decidida a encontrarlo, registró todas las habitaciones que él le había enseñado, pero fue en vano. Solo quedaba su dormitorio, y de ninguna manera osaría entrar allí. Si él quería hablar con ella que la buscara.

Habían pasado dos horas desde que se tomó el sándwich, así que sacó una botella de agua de la nevera y buscó algún piscolabis en la despensa. Vio los plátanos que colgaban de un gancho y arrancó el mejor del racimo.

Apenas se había sentado en el taburete cuando oyó unas pisadas aproximándose. La idea de ver a Logan le puso la puso la piel de gallina, y cuando él entró en la cocina ataviado únicamente con una toalla alrededor de la cintura, pensó que se había metido en un culebrón de la tele protagonizado por una estrella de Hollywood semidesnuda. Los músculos del abdomen y del pecho estaban perfectamente definidos y salpicados por una ligera capa de vello que descendía en picado hacia la zona cero. Sus anchos hombros, sus bíceps tonificados…

Se quedó inmóvil como un mimo, aferrando la fálica pieza de fruta.

–Aquí estás –la saludó él con su arrebatadora sonrisa.

–Llevas una toalla.

–Tengo la ropa en la secadora. Pensé que ya te habías ido a la cama.

Hannah vio algo que parecía un tatuaje rojo en su brazo derecho, pero no podía distinguir los detalles a menos que le pidiera que se girase hacia ella. Hablar ya le costaba un enorme esfuerzo. No podría resistirse a la vista frontal…

–Ni siquiera son las seis. Nunca me voy tan temprano a la cama.

–Si tú lo dices… pero no has respondido a mi llamada ni a mi mensaje.

Pero en esos momentos sí que le estaba respondiendo… Con todo su cuerpo.

–Estaba dándome un baño. Tenía los grifos abiertos y estaba escuchando música.

Él apoyó la cadera en un armario y cruzó los brazos sobre su musculoso pecho.

–¿Has disfrutado del baño?

No tanto como estaba disfrutando de la vista que tenía ante sus ojos.

–Sí. Muy relajante. Deberías darte uno tú también.

–Tengo una bañera enorme en mi cuarto de baño, pero no soy mucho de darme baños.

–Como la mayoría de los hombres.

–Siempre he preferido la ducha. Mucho más fácil de entrar y salir.

Sus palabras evocaron peligrosas imágenes en la desatada mente de Hannah.

–Yo también prefiero la ducha, pero de vez en cuando me gusta darme un buen baño.

Él se apartó de la encimera y ella contuvo la respiración. Soltó el aire cuando Logan se dirigió hacia el cuarto de la lavadora.

–Mi ropa ya debe de haberse secado. Será mejor que me vista.

No, por favor, estuvo a punto de suplicarle ella.

–Buena idea.

Oyó cómo abría la puerta de la secadora.

–Si tienes hambre, en el frigorífico hay un plato de comida que me ha preparado Marlene.

Hannah peló el plátano que aún aferraba fuertemente en la mano.

–Gracias, pero ya he comido –le dio un gran bocado a la fruta. Exageradamente grande.

–¿Has buscado información en internet?

–Sí –respondió ella con la boca llena de plátano.

–¿Has encontrado algo interesante?

Esa vez tragó antes de hablar.

—Artículos de negocios y poco más.

Logan fue a cambiarse mientras ella se atiborraba de fruta y volvió con una camiseta beis y unos vaqueros viejos.

—Se me ocurre una manera para encontrar información de J.D.

Hannah se bajó del taburete, abrió la despensa y tiró la piel a la basura.

—¿Cuál?

Él apoyó los codos en la isla.

—Te lo diré cuando haya investigado un poco más. Podría ser una pista falsa.

Confidencial a toda costa... Debía de ser algo típico en los abogados.

—Muy bien. Avísame si encuentras algo.

—Lo haré –se enderezó y sonrió–. ¿Te apetece un poco de diversión?

—Claro. ¿Qué propones?

—Una película en la sala multimedia.

No era exactamente lo que ella tenía pensado, pero tal vez fuera lo más conveniente.

—De acuerdo. Vamos.

Capítulo Seis

Logan había elegido el asiento para dos y una película de suspense. Pero no se esperaba que los primeros quince minutos fueran una escena de sexo bastante subida de tono.

Miró a Hannah, sentada a su derecha, con un puñado de palomitas a medio camino de su boca y los ojos abiertos como platos.

–Cielos… ¿Esta película es apta para menores?

–No, pero creí que era por las escenas de violencia.

–Ni siquiera se quitó la cartuchera al bajarse los pantalones… ¿Y si el arma se hubiera disparado?

–Lo de llevar el arma cargada puede tener otros significados…

–Ja, ja. Me gusta imaginar a un hombre y una mujer haciéndolo en un callejón a plena luz del día, con arma o sin ella.

–Todo es posible cuando te mueres de deseo por alguien.

Ella le ofreció palomitas.

–¿Quieres?

–No, gracias.

Siguieron viendo la película y Logan apoyó el

brazo en el respaldo del asiento, posando la mano en el hombro de Hannah. Empezó a frotarle el brazo en círculos y ella se pegó a su costado y le puso la mano en el muslo. Si sospechara la reacción que le estaba provocando a escasos centímetros de la mano tal vez se lo hubiera pensado dos veces antes de dejarla allí. Y si la maldita película no mostraba pronto escenas de persecuciones y tiroteos no sabía lo que acabaría haciendo.

Pero fue Hannah quien hizo algo… Le acarició el cuello con la nariz y le dio un beso en la mejilla.

Logan le levantó el rostro y la besó en la boca. Su propósito era besarla una vez y concentrarse en la película, cuya trama de suspense ya empezaba a desarrollarse, afortunadamente. Pero la larga y tórrida escena de sexo había avivado las chispas entre ambos, y desde ahí en adelante todo se desató a un ritmo frenético.

Se enrollaron como dos adolescentes con el ruido de disparos y maldiciones de fondo. Logan se puso a Hannah en su regazo, entrelazó las manos en sus cabellos y siguió besándola ávida y desesperadamente.

Ella estaba sentada a horcajadas sobre sus muslos y cada vez que se movía la fricción en sus partes íntimas aumentaba la erección de Logan. Para empeorar las cosas, Hannah se apartó para quitarse la cinta que sujetaba su cola de caballo y se desabotonó la camisa, poniendo a prueba la cordura de Logan cuando se la quitó y se quedó con una camiseta de tirantes que apenas dejaba lugar a la imaginación.

Viéndola sentada sobre él, con el pelo cayéndole alborotado por los hombros, los labios hinchados y sus brillantes ojos verdes mirándolo fijamente, la resistencia de Logan acabó por los suelos, igual que las palomitas. Y justo cuando creía que ella había dejado de sorprenderlo, Hannah se deslizó los tirantes por los hombros y dejó caer la camiseta.

Logan había atenuado las luces para ver la película, pero aun así podía apreciar los increíbles pechos que se ofrecían ante él. Imposible resistirse a tocarlos. Se los acarició ligeramente y observó su reacción. Ella echó la cabeza hacia atrás y soltó una temblorosa exhalación. A Logan, en cambio, le estaba costando cada vez más trabajo respirar.

Apretó la palma izquierda contra su espalda y la empujó hacia él para reemplazar la mano derecha con la boca y lamerle el pezón en círculos, arrancándole un débil gemido. Al pasar al otro pecho ella se retorció contra su entrepierna, amenazando con acabar todo antes de tiempo. Logan no quería detenerse. Tenía una cama perfecta esperándolos… y una razón de peso para contenerse. Hannah se merecía algo más que un rollo en un sillón y él no tenía preservativos. No le quedó más remedio que devolver a Hannah a su asiento y recostarse en el respaldo para mirar el techo mientras recuperaba el aliento.

–¿Qué ha pasado? –preguntó ella jadeante.

Logan se enderezó y se la encontró en el borde del asiento. Por suerte había vuelto a colocarse la camiseta, porque de lo contrario no podría controlarse.

–Un arrebato de deseo desbocado.

–Y dos adultos comportándose como quinceañeros salidos –añadió ella–. Solo nos falta subirnos al asiento trasero de tu coche. Yo nunca he sido tan atrevida.

–¿Ni siquiera con tu marido?

–La verdad es que no. Los dos éramos muy jóvenes cuando nos conocimos y nunca fuimos muy osados.

–¿Y los hombres antes que él?

La mirada de Hannah vaciló un momento.

–Danny fue el primer hombre con el que estuve. No hubo nadie más, ni antes ni después.

Aquello sí que no se lo esperaba, y menos por cómo lo había besado.

–Si lo hubiera sabido me habría detenido antes.

–¿Por qué? –preguntó ella con el ceño fruncido.

–Porque no quiero hacer nada que tú no quieras.

Ella soltó una carcajada.

–Creo que es bastante obvio que quería hacerlo. De lo contrario no lo habría hecho.

–Ninguno de los estaba pensando con claridad.

–Puede que no, pero puesto que los dos hemos superado con creces la edad de consentimiento sexual no encuentro nada reprochable en nuestro comportamiento.

–No sé si estoy preparado para esto –había oído esas palabras con anterioridad, pero nunca de su propia boca.

Hannah lo miró con perplejidad.

–¿Cómo dices?

Él apoyó los codos en las rodillas y bajó la mirada a la moqueta, salpicada de palomitas.

–No sé si es lo correcto para ninguno de los dos. No quiero hacerte daño, Hannah.

Ella le tocó el hombro.

–Soy una mujer realista, Logan. No espero un cuento de hadas. Quiero sentirme deseada por un hombre en el que pueda confiar. Y sé que ese hombre eres tú.

Pero Hannah no sabía lo que le estaba ocultando. No sabía nada de los demonios que seguían acosándolo. Y no tenía ni idea de que lo que sentía por ella excedía la atracción sexual.

Necesitaba tiempo para pensar. Tenía que alejarse de ella para impedir que la libido prevaleciera sobre la lógica. Ser el segundo hombre en su vida era una carga muy pesada para soportar. Había adquirido grandes habilidades como amante con la experiencia, pero en lo relativo a los posibles fracasos emocionales era un cero a la izquierda. Si continuaban por aquel camino intimarían cada vez más, y Hannah empezaría a albergar expectativas que él no podía cumplir.

Agarró el mando a distancia, apagó la pantalla y se levantó.

–Mañana tengo que levantarme muy temprano y estoy bastante cansado. Continuaremos con esta conversación en otro momento.

Hannah se levantó y puso los brazos en jarras.

–¿Ya está? ¿Vas a salir corriendo sin explicarme por qué de repente te has vuelto tan frío?

Logan no podía explicárselo sin revelarle cosas que aún no estaba preparado para revelar.

–Tengo mucho en que pensar, Hannah, y no puedo hacerlo contigo en la misma habitación.

–Tú mismo –dijo ella, y pasó junto a él para dirigirse hacia la salida.

Logan no podía dejar que se fuera sin decirle algo importante.

–Hannah.

Ella se giró en la puerta y lo miró con ojos ardiendo de furia.

–¿Qué?

–Es solo que no quiero que te arrepientes de nada.

–No me arrepiento de nada… Pero empiezo a creer que tú sí.

Logan solo se lamentaba de no ser el hombre que ella necesitaba y merecía.

Durante los dos próximos días Hannah apenas vio a Logan. Se marchaba a trabajar antes de que ella se levantara y volvía mucho después de que se hubiera ido a la cama. Hannah empleaba las horas solitarias en investigar a su posible familia hasta que los ojos le lloraban. El único contacto humano lo tenía con Molly, la asistenta cincuentona de Logan, quien demostró ser extremadamente servicial.

También había hablado en varias ocasiones con Cassie, naturalmente. Las breves conversaciones le confirmaron que su hija se lo estaba pasando mejor que nunca con su amiga.

Pero tras pasarse la mañana en la biblioteca púbica leyendo los periódicos viejos, tenía la excusa perfecta para buscar a Logan. Se había vestido a propósito con su mejor atuendo profesional: una blusa blanca de seda sin mangas, una falda negra y unas sandalias negras de tacón alto que Gina había catalogado como descaradamente provocativas. Con un poco de suerte le resultarán útiles con Logan...

No se molestó en avisar por teléfono, y se presentó directamente en el bufete de Drake, Alcott y Whittaker, situado a poca distancia de la biblioteca. Tras vencer el fuerte viento de Wyoming y abrir la pesada puerta de madera, se dirigió hacia la joven y bonita recepcionista y esbozó su mejor sonrisa.

–Necesito ver al señor Whittaker, por favor.

La joven morena la miró con desconfianza.

–¿Tiene una cita?

Hannah se peinó con los dedos hacia atrás lo mejor que pudo.

–No, pero seguro que me recibirá si le dice quién soy –y si la suerte estaba de su lado.

–¿Cómo se llama? –le preguntó la recepcionista. Seguramente la veía como a una acosadora trastornada o algo así.

–Hannah Armstrong.

–Un momento, por favor –levantó el teléfono y

pulsó un botón–. Señor Whittaker, la señorita Armstrong está aquí y… Por supuesto, señor. Enseguida la hago pasar –colgó y adoptó finalmente una expresión amable–. Su despacho está en el pasillo a su derecha, la segunda puerta a la izquierda.

–Gracias.

Hannah enfiló el pasillo con renovado entusiasmo, hasta que pensó en el desaliñado aspecto que debía de ofrecer. Se detuvo para sacar del bolso las herramientas apropiadas y se cepilló el pelo y se aplicó un poco de brillo en los labios antes de reanudar la marcha. Una placa con el nombre de Logan colgaba de la puerta cerrada, pero las persianas de la pared de cristal estaban levantadas y lo vio hablando por teléfono.

No supo si esperar a que colgara o entrar. Optó por lo primero, hasta que Logan la vio y le hizo un gesto para que entrase.

Cerró la puerta tras ella y se sentó frente al gran escritorio de caoba. Para no parecer que estaba escuchando la conversación se puso a mirar a su alrededor. El despacho era grande, masculino y minimalista. Había un sofá y sillones de color azul, una chimenea de azulejos blancos y azules con una repisa desnuda y unos cuantos cuadros modernos del Oeste. En conjunto resultaba excesivamente frío e impersonal. Un lugar agradable para ir de visita, pero a Hannah no le gustaría trabajar allí.

Todo lo contrario del hombre que lo ocupaba… Hannah solo tenía que mirar a su sexy abogado, impecablemente vestido con traje y corbata, su pelo oscuro perfectamente peinado y una de sus fuertes manos aferrando el teléfono, para entrar inmediatamente en calor.

–Lo entiendo, mamá –dijo él–, y te prometo que llamaré más a menudo. Dile a papá que deje de fastidiarte… Yo también te quiero, hablaremos la semana que viene –colgó y le dedicó una sonrisa avergonzada a Hannah–. Lo siento.

–Me parece muy bonito que tengas una buena relación con tu madre –no como la relación que ella había tenido con la suya–. ¿Eres hijo único?

–No, tengo una hermana mayor. Ella y su marido son geólogos y viven en Alaska con sus cinco hijos.

–Cielos… Cinco hijos.

Él agarró un bolígrafo y se puso a darle vueltas.

–Sí. Todos varones.

Hannah había estado casi segura de que el bebé de la foto que había encontrado en su cajón era una niña.

–Supongo que si vives en un lugar tan frío como Alaska tienes que buscar muchas maneras para entrar en calor.

–Cierto, pero estar siempre procreando me parece una medida un poco extrema.

Hannah se rio, pero se puso seria al notar la incomodidad de Logan.

–Esperaba que pudieras presentarme a algunos Lassiter.

Él se aflojó la corbata.

–He tenido mucho trabajo…

–¿Seguro que no has estado evitándome?

–No lo he hecho intencionadamente. Lamento no haber pasado más tiempo contigo.

También lo lamentaba ella.

–En cualquier caso, no es ese el único motivo por el que he venido. Esta mañana descubrí algo interesante en la biblioteca –sacó de su bolso la fotocopia del artículo y la deslizó sobre la mesa–. Es una foto de J.D. y de su hermano Charles, en un rodeo celebrado aquí en Cheyenne hace más de treinta años. Charles ganó el concurso de lazo.

Logan examinó la foto unos segundos.

–¿Y?

Ella alargó un brazo y le señaló el texto bajo la foto.

–Mira la lista de ganadores.

Logan lo leyó rápidamente y levantó la mirada con expresión sorprendida.

–¿Tu madre competía en las carreras de barriles?

–Sí, pero lo dejó después de que yo naciera –una cosa más que Ruth le había recriminado a su hija–. Tal vez conoció a J.D. por su hermano durante una de esas competiciones.

Logan pareció reflexionar sobre aquella posibilidad.

–Tenía pensado preguntarle a Marlene Lassiter por el pasado de J.D. Estaban muy unidos, así que quizá ella sepa algo de una aventura.

–Te lo agradecería mucho, Logan –y también le

105

agradecería una explicación más convincente sobre el comportamiento que había tenido la otra noche en la sala multimedia–. Ahora hay otro asunto del que tenemos que ocuparnos.

–¿De qué se trata?

–De la atracción que sentimos el uno por el otro y de lo preocupado que estás por mí.

–Hannah, me preocupa que…

–Que me arrepienta o sufra, lo sé. Pero como te dije en nuestra última conversación, no albergo ninguna expectativa. No necesito flores ni bombones ni promesas de ningún tipo. Solo quiero disfrutar de tu compañía el tiempo que esté aquí, sea como sea.

–No quiero hacer nada que pueda hacerte sufrir.

–No soy una niña frágil e indefensa a la que haya que proteger de todo.

–Nunca me has parecido frágil, Hannah. Pero has de saber que no quiero comprometerme ni formar una familia.

–Muy bien. Lo entiendo y me abstendré de buscar el anillo de compromiso. Pero tengo una pregunta que hacerte.

–Dispara.

Hannah lo miró fijamente a los ojos.

–¿Todavía me deseas?

Logan soltó el bolígrafo.

–¿De verdad tienes que preguntarlo?

–Sí, y quiero una respuesta.

Él empujó la silla hacia atrás y se levantó. Hannah se preparó para dos posibilidades: o la besaba o la echaba de su despacho. Pero Logan pulsó un botón para bajar las persianas, asegurándoles una intimidad total, se colocó delante de ella, la agarró por las muñecas para levantarla y la besó de una manera tan sensual que a Hannah casi le fallaron las piernas. Él pareció advertirlo y la levantó para sentarla en la mesa.

La falda se le subió de un modo totalmente impúdico para una dama, pero a Hannah no le importaba lo más mínimo. Estaba absorta con la sensación de las manos de Logan en sus muslos, las caricias de sus pulgares y el roce de su lengua contra la suya. «Más arriba», quiso decirle. Pero antes de que pudiera suplicárselo él interrumpió el beso.

—¿Te has convencido de que aún te deseo, Hannah?

Esa vez decidió hacerse la tonta con la esperanza de que intentara persuadirla.

—Casi.

—A ver si esto te ayuda —le agarró la mano y la apretó contra su palpable erección.

—Ahora sí estoy convencida —y jadeando de deseo.

Él volvió a dejarle la mano en el regazo.

—¿Sabes lo que de verdad me apetece ahora mismo?

Con suerte lo mismo que ella... hacerlo de todas las formas posibles sobre la mesa.

—Dime.

—Salir a comer.

–¿Lo dices en serio?

Logan la levantó de la mesa y la dejó sobre sus pies.

–Totalmente. Hay un restaurante en esta misma calle que sirven unas hamburguesas deliciosas. Allí podemos hablar mientras comemos.

No era lo que Hannah deseaba, pero aceptó a regañadientes y le señaló el bulto de la bragueta.

–¿Y vas a salir así?

Él se echó a reír.

–Tendrás que caminar delante de mí, pero no menees el trasero.

Hannah se sintió tentada de hacer precisamente eso, pero lo que hizo fue aplicarse un poco de brillo en los labios y sonreírle.

–¿Ya estás listo?

–Lo suficiente para conservar mi dignidad, así que vámonos de aquí antes de que cambie de opinión, cierre la puerta con llave y le diga a Priscilla que no me pase ninguna llamada mientras te tengo cautiva unas cuantas horas.

–Promesas, promesas –bromeó Hannah mientras salían al pasillo.

Al girar la esquina del vestíbulo Hannah casi se chocó con una atractiva mujer de sesenta y pocos años, con el pelo castaño y un elegante vestido rojo.

–Lo siento, cariño. No debería ir con tanta prisa.

–Tú siempre tienes prisa, Marlene –le dijo Logan.

Ella le dio una afectuosa palmadita en la mejilla.

–No más que tú, jovencito. Sobre todo la otra noche, cuando te fuiste de mi casa como alma que lleva el diablo.

Hannah miró fugazmente a Logan y devolvió la atención a la primera Lassiter que había conocido hasta el momento.

Logan se colocó detrás de ella y le puso las manos en los hombros.

–Hannah, te presento a Marlene Lassiter. Marlene, Hannah Armstrong.

La mujer la miró con extrañeza, pero sonrió y le tendió la mano.

–Es un placer conocerte por fin.

Hannah le estrechó la mano, pero Marlene no parecía cómoda en absoluto.

–El placer es mío. Logan me ha hablado mucho de ti.

–No te creas todo lo que dice –replicó Marlene, sonriéndole a Logan.

–¿Has venido a verme, Marlene? –le preguntó él.

–No, voy a comer con Walter, suponiendo que esté listo para salir… Ese hombre sigue trabajando como un esclavo cuando debería estar pensando ya en jubilarse.

El brillo de sus ojos y el tono de su voz hicieron pensar a Hannah que aquellos dos se conocían más allá de asuntos profesionales.

–Supongo que no lo puede evitar.

Marlene acarició el diamante que llevaba colgado al cuello.

–Sí… Será mejor que vaya a apurarlo.

–Ha sido un placer –dijo Hannah cuando Marlene pasó velozmente junto a ellos.

–Lo mismo digo –respondió ella por encima del hombro, antes de entrar en el despacho al final del pasillo.

Hannah y Logan guardaron silencio hasta que salieron del edificio.

–Parece que hay algo entre Walter y Marlene –dijo Logan.

Por lo incómoda que le había parecido Marlene al conocerse, Hannah se preguntó si sabría ya la historia de su vida.

Se disponían a entrar en el Wild Grouse Café cuando un hombre castaño salió del restaurante y les bloqueó el paso. Al principio Logan no lo reconoció, pero enseguida vio que era un cliente, un chef de primera y el segundo Lassiter con quien se topaba aquel día.

–¿Espiando a la competencia, Dylan?

–Hola, Logan –le sonrió mientras le estrechaba la mano–. He venido a tomar un bocado porque sigue siendo uno de los mejores locales de la ciudad, al menos hasta que inauguremos nuestro nuevo restaurante. Apenas tengo tiempo para comer, ocupado como estoy en promocionarlo y contrarrestar la mala prensa que nos ha dejado el asunto del testamento.

–Yo he salido a comer para variar.

110

–¿Te dejan salir de la jaula?

–De vez en cuando –recordó que Hannah estaba detrás de él y la agarró del brazo para que se adelantara–. Dylan, esta es Hannah Armstrong. Hannah, te presento a Dylan Lassiter, presidente de Lassiter Grill Corporation, una próspera cadena de restaurantes.

–Encantado de conocerte –la saludó Dylan con una sonrisa–. ¿Dónde has estado escondiéndola, Whittaker?

–Soy su asistenta –dijo ella, sonriéndole.

Dylan frunció el ceño.

–¿En serio?

Hannah era única para las respuestas ingeniosas, un rasgo que a Logan le gustaba cada vez más.

–Es profesora durante el día.

–Y Logan es fontanero de noche –añadió ella.

Los dos intercambiaron una mirada y una sonrisa, hasta que fueron interrumpidos por el carraspeo de Dylan.

–Logan, te aviso que acabo de comer con mi hermana. Aún se está subiendo por las paredes por lo del testamento, así que te sugiero que busques otro sitio para comer.

Genial. Otra Lassiter, y no la más fácil de tratar, precisamente.

–Sé cómo manejar a Angelica.

Dylan le dio una palmada en la espalda.

–Buena suerte, Whittaker. Me ha alegrado volver a verte. Y ha sido un placer conocerte, Hannah.

Logan recorrió con la mirada el atestado comedor y localizó inmediatamente a Angelica Lassiter. Estaba sentada sola, con un traje blanco a medida y el ceño fruncido.

Por desgracia también ella lo vio. Sin darle tiempo a esfumarse, se levantó y se le echó encima como un tornado, agitando sus oscuros cabellos y echando fuego por sus ojos marrones.

—Logan Whittaker, no has devuelto mis llamadas.

No podía decirle que lo había hecho a propósito.

—He estado muy ocupado, Angelica. Y para cualquier cosa relativa al testamento deberías dirigirte a Walter.

—Walter no me escuchará. Dice que no puedo hacer nada para cambiar el irrisorio porcentaje que heredé de Lassiter Media y que debería aprender a vivir con el hecho de que Evan tiene el control mayoritario de la empresa. Todavía no me puedo creer que papá me hiciera esto.

Tampoco podía creérselo Logan. Ni cómo Angelica, una empresaria fuerte e independiente, parecía una niña pequeña y perdida.

—Seguro que tenía sus razones, aunque no parezcan justas ni lógicas. Lo único que puedo decir es que no tires la toalla.

Esa vez Hannah se adelantó por sí sola.

—Hola, soy Hannah Armstrong, una amiga de Logan.

Angelica le estrechó la mano y le sonrió.

–Es un verdadero placer conocer a una amiga de Logan… A lo mejor podríamos quedar para cenar algún día de estos.

–Me encantaría –respondió Hannah con toda sinceridad, aunque no podía revelar el verdadero motivo… que aquella mujer podía ser su hermana.

Angelica se volvió hacia Logan.

–Como amiga te pido que hables con Walter a ver si hay alguna manera de impugnar el testamento. La empresa debería ser mía, no de Evan –y diciendo aquello se marchó tan rápidamente como había llegado, por suerte para Logan y para Hannah.

Una vez que se hubieron acomodado el uno frente al otro en la mesa que Angelica acababa de dejar libre, Hannah cruzó las manos ante ella.

–¿Qué probabilidades había de que conociera a dos vástagos de J.D. el mismo día?

–Y ahora que los has conocido, ¿qué te parecen?

Hannah guardó silencio unos instantes, pensativa.

–Bueno, Dylan parece simpático, y también Angelica, aunque ella parecía bastante enfadada. Supongo que será por la ruptura y por la disputa que originó el testamento, ¿me equivoco?

Logan no podía darle todos los detalles.

–En parte es por eso, pero Angelica es una mujer muy agradable. Es lista como pocos y dedica gran parte de su tiempo a obras benéficas.

–Y también muy guapa –añadió Hannah.

–Sí que lo es.

–¿Has salido con ella?

–No. Además de ser diez años más joven que yo, no es mi tipo.

–¿Y cuál es exactamente tu tipo?

Logan no tenía una idea muy definida al respecto, pero ella parecía ajustarse cada vez más a su perfil ideal.

–Inteligente, simpática, risueña, con ojos verdes, y sobre todo, con sentido del humor.

Hannah se echó hacia atrás y se puso una mano sobre el corazón en un gesto dramático.

–Por Dios, señor Whittaker. Es usted muy exigente.

Él entornó los ojos.

–Y a ti se te está pegando el acento texano…

–Me pregunto por qué será –se puso muy seria de repente–. Me cuesta creer que las personas que he conocido hoy puedan ser mis hermanastros. Y me molesta que mi madre me ocultara una información tan importante, impidiéndome decidir si quería ponerme en contacto con ellos o no.

Si supiera la información tan importante que él le estaba ocultando tampoco le haría mucha gracia. Pero poco a poco Logan empezaba a confiar en ella lo suficiente para hablarle de su pasado.

–Si decidieras firmar el acuerdo nunca podrías conocerlos. Y ya que estás decidida a no firmarlo, deberías darles al menos una oportunidad.

Hannah lo pensó unos segundos antes de volver a hablar.

–No me siento preparada para eso. Y firmar el acuerdo de confidencialidad sería el precio a pagar por reclamar mi herencia.

Logan se preguntó si había entrado finalmente en razón.

–¿Estás pensando en aceptar el dinero?

Ella negó con la cabeza.

–No. La tentación es muy grande, pero la conciencia me impide aceptarlo o firmar el acuerdo. Me siento mejor sabiendo que el dinero se dedicará a obras de caridad.

A Logan no le pareció tan convencida.

–Aún tienes tiempo para pensarlo antes de que te marches –no quería dejarla marchar, pero no tenía ningún derecho a pedirle que se quedara.

Acabada la comida se pusieron a hablar de cine y música, antes de dedicar la conversación a la hija de Hannah. Logan escuchaba con atención mientras Hannah expresaba la devoción que sentía por Cassie. No había pasado un solo día sin que él pensara en su hija, Gracie, y en cómo habría sido con doce años. Si hubiera ido detrás de los chicos o de las vacas con su abuelo. Si hubiera sido tan lista como su madre, si le hubieran gustado los caballos tanto como a él. Nunca lo sabría. Gracie solo había montado a Lucy en una ocasión, lo cual era una lástima. Una yegua tan buena y dócil debería ser montada más a menudo…

–¿Te ocurre algo, Logan?

La pregunta de Hannah lo sacó de sus divagaciones.

–Lo siento. Se me acaba de ocurrir una idea estupenda.

–¿De qué se trata?

Él se levantó y le tendió la mano.

–Voy a tomarme el resto del día libre y vamos a divertirnos un poco.

–¿Y puedo saber qué tienes pensado exactamente, señor Whitaker?

–Cielo… vamos a dar un largo paseo.

Capítulo Siete

No era lo que Hannah se había esperado cuando Logan le habló de un largo paseo. Se había imaginado sábanas de satén y una tarde de placeres en el dormitorio que aún tenía que ver. No se imaginaba que estaría sentada sobre una yegua lenta y tranquila que no dejaba de pararse para pastar de camino al arroyo.

—Lo estás haciendo muy bien para no haber montado en mucho tiempo.

Ella lo fulminó con la mirada.

—Recuérdamelo cuando tenga agujetas en los próximos días.

La risa de Logan se elevó sobre el prado.

—Para eso no hay nada mejor que un baño y un masaje.

—¿Conoces a algún fisioterapeuta?

—¿Para qué necesitas uno teniéndome a mí?

Hannah se sintió repentinamente más animada.

—¿Eres bueno dando masajes?

—Eso me han dicho.

Mejor no preguntarle quién se lo había dicho.

—Es bueno saberlo, por si acaso necesito tus servicios.

Él le hizo un guiño.

–Los necesitarás… Y te prometo que vas a disfrutar mucho con ellos.

–Espero que cumplas tu promesa –y que su corazón no se viera implicado.

Siguieron montando en silencio, y tras recorrer casi todo el perímetro del pasto, Logan desmontó bastante más lejos de donde habían estado la otra noche.

Hannah se bajó de la yegua con mucha menos elegancia, agarró las riendas y tiró de Lucy hacia Logan.

–¿Por qué nos hemos detenido?

Logan guio al castrado hacia la cerca.

–Quiero mostrarte otro lugar especial.

–Estupendo, porque mi trasero no aguantaba más.

–Puedes soltar a Lucy –le dijo él al franquear la puerta y cerrarla tras ellos.

Como era de esperar, nada más verse libre la yegua se dirigió hacia la mata de hierba más próxima.

–Es una comilona.

–Necesita que la monten más a menudo –dijo Logan mientras retiraba una manta enrollada de la silla y la sujetaba bajo el brazo–. Este fin de semana podemos volver a montar en el terreno de mi vecino. Es más extenso que el mío y me dijo que podía usarlo cuando quisiera.

Los ánimos de Hannah cayeron en picado al recordar que se marcharía al cabo de tres días.

–Tenía pensado irme a casa el sábado.

Él le agarró la mano y le dio un ligero apretón.

–Puedes quedarte hasta el domingo.

Sí, podría hacerlo. A Cassie no le importaría pasarse un día más sin ella. Más bien al contrario, si ver a su madre implicaba volver a la rutina.

–Ya lo veremos.

Logan la condujo unos cien metros pendiente abajo hasta detenerse bajo un álamo no lejos del arroyo. Le soltó la mano y extendió la manta en el suelo.

–Me gusta venir aquí a pensar.

Hannah miró alrededor, maravillada por el silencio y la tranquilidad que se respiraba.

–Parece un buen lugar para despejarte la cabeza.

–Entre otras cosas.

Ella se giró hacia él y vio que ya se había acomodado en la manta y se había quitado las botas.

–Quítate los zapatos y siéntate aquí.

Hannah quería quitarse algo más que los zapatos. Algo como su ropa, y la de él.

Se quitó las zapatillas y se dejó caer junto a Logan, dominada por las hormonas y los nervios.

–¿Vamos a meditar?

La expresión de Logan se hizo más intensa y oscura a la sombra.

–Eso depende de ti –la atrajo hacia él y ella posó la cabeza en su pecho. Así permanecieron un largo rato, Logan acariciándole la espalda y Hannah escuchando los reconfortantes latidos de su corazón.

–Un dólar por tus pensamientos... teniendo en cuenta la inflación.

Él sonrió brevemente.

–Estaba pensando en cómo puede cambiar la vida de un momento a otro.

Hannah volvió a apoyar la cabeza en su pecho.

–Lo sé. Un día tu marido se está despidiendo de ti para irse a trabajar y al siguiente descubres que no volverás a verlo.

–¿Qué le paso? Si no te importa hablar de ello.

No le importaba, al menos no en esos momentos.

–Estaba renovando la instalación eléctrica de un edificio en obras y algo salió mal. Se electrocutó y lo llevaron al hospital, pero no pudieron hacer nada por salvarlo.

–¿Sabe alguien lo que salió mal?

–Al principio la compañía de seguros responsabilizó a Danny del accidente, pero sus colegas afirmaron que hizo todo lo que debía hacerse según el esquema eléctrico, de modo que me ofrecieron doscientos mil dólares y yo los acepté.

–Tendrías que haberlos demandado.

–Con una nueva hipoteca y un bebé en camino no podía arriesgarme a perderlo todo. Danny tenía una póliza de seguros, pero apenas bastó para cubrir los gastos del funeral. No quedaba para pagar las facturas del hospital al tener a Cassie.

–¿Y tu madre no podía ayudarte?

A Hannah se le escapó una amarga carcajada.

–Siempre se comportaba como si no tuviera un

centavo, aunque nos regaló el primer pago de la casa. Claro que yo se lo devolví, en cierta manera, al ocuparme de ella cuando le diagnosticaron un cáncer.

–¿Te ocupaste de ella mientras estudiabas? –le preguntó él con incredulidad.

–Solo duró dos meses, durante el verano, así que no tenía clases… Es curioso, siempre me sentí como una carga para ella por lo antipática y resentida que se mostraba conmigo. Pero el día antes de morir me dio las gracias y me dijo que me quería. No recuerdo que me lo hubiera dicho antes ni una sola vez. No era de las que demostraban sus sentimientos.

Logan soltó un suspiro.

–Me cuesta imaginarme a un padre que no les exprese su amor a sus hijos. Pero quizá estaba tan consumida por el rencor hacia tu padre que era incapaz de verte como el maravilloso regalo que eras.

A Hannah se le encogió el corazón.

–No sé si fui un regalo, pero hice todo lo posible por ganarme su aprobación. Por desgracia, nunca parecía ser suficiente.

Logan la apretó suavemente.

–Su forma de ser, por dura que fuera, te convirtió en la mujer fuerte y sensible que eres. Una de las mejores personas que he conocido.

–Tú tampoco estás mal…

–No te engañes, Hannah. Solo soy un tipo corriente que ha cometido bastantes errores.

–Todos los cometemos, Logan. Solo hay que

aprender de ellos y seguir adelante. En algún momento tendrás que dejar de culparte por tus defectos. A mí me costó mucho conseguirlo.

–¿De qué te culpabas tú?

–La mañana en que murió Danny me enfadé con él por dejar tirados sus zapatos en el salón. En vez de decirle que lo quería, como hacía siempre antes de que se fuera al trabajo, las últimas palabras que oyó de mí fueron sobre el orden y la limpieza.

Logan la besó en la frente.

–No podías saber que no volvería a casa.

–Al final lo acepté, pero durante mucho tiempo viví sumida en el remordimiento. De no haber sido por los sermones de Gina no creo que lo hubiera superado.

–Es una buena amiga, ¿no? ¿Qué opina de que estés aquí conmigo?

–Le parece bien. De hecho, de ser por ella nos habríamos ido a tu cama en cuanto me abriste la puerta.

–Habría estado bien…

Ella levantó la mirada para ver su sonrisa y le dio un codazo en las costillas.

–Te recuerdo que me dejaste con las ganas en el cine.

–Te aseguro que fue una de las decisiones más difíciles de mi vida.

Hannah decidió seguir confesándose.

–Lo que me haces sentir es… Bueno… Creía que nunca más volvería a sentir algo así.

Él le hizo levantar la barbilla.

–Ese es mi propósito, hacerte sentir… –volvió a besarla en la frente– muy bien… –la besó en la mejilla–, mejor de lo que nunca te hayas sentido.

La besó en la boca y el deseo contenido de Hannah estalló en una explosión de calor, alientos y lenguas entrelazadas. Muy pronto Hannah se vio tendida de espaldas mientras Logan le besaba el cuello y le deslizaba una mano bajo la camiseta hasta encontrar sus pechos. Volvió a tomar posesión de su boca al tiempo que le acariciaba un pezón en círculos a través del sujetador. Hannah reaccionó levantando involuntariamente las caderas. La humedad empezó a anegar un rincón largamente olvidado y sintió que iba a arder en llamas por el calor que le generaba el tacto de Logan.

Se le aceleró frenéticamente el pulso cuando él le bajó la mano por el vientre, y dejó de respirar cuando le desabrochó los vaqueros y deslizó la cremallera hacia abajo.

Logan le levantó las caderas para bajarle los pantalones hasta las caderas, dejándola con sus flamantes braguitas de leopardo.

Durante unos minutos angustiosamente largos pareció empeñado en hacerla sufrir, jugueteando con el borde de las braguitas sin llegar a introducir la mano. Finalmente le introdujo un dedo entre los muslos y empezó a moverlo hacia delante y atrás. Sabía exactamente cómo y dónde tocarla, pero retiró la mano casi enseguida y ella respondió con un embarazoso gemido de protesta. Muy pronto, sin embargo, descubrió que no tenía motivos para quejarse cuando Logan le quitó las braguitas.

Desde ese momento en adelante todo pareció desvanecerse a su alrededor. Lo único que oía eran las sensuales palabras que Logan le susurraba al oído sobre las cosas que quería hacerle y sobre lo excitado que estaba. Realmente Logan sabía cómo excitarla...

La tensión empezó a crecer, avivando el placer que precedía al clímax inminente gracias a las certeras caricias de Logan. Y cuando el orgasmo la sacudió, mucho antes de lo que le hubiera gustado, Hannah le clavó las uñas en el brazo y soltó un grito desde el fondo de su garganta.

Nunca había sido de las que gritaban. Pero tampoco había estado nunca en el campo con las braguitas bajadas hasta las rodillas en manos de un hombre enloquecedoramente sexy que sabía cómo tratar a una mujer.

De repente no pudo soportarlo más. Necesitaba sentirlo dentro de ella. Pero cuando le puso una mano en la bragueta él la agarró por la muñeca para detenerla.

–Aquí no. Esto solo ha sido para ti.

Ella miró su atractivo rostro, las arrugas que rodeaban su boca.

–Pero…

–Tranquila, cariño. Podré aguantar hasta que volvamos a casa.

124

–¿Qué vamos a hacer cuando lleguemos?

–Voy a enseñarte mi cama… Si quieres verla, claro está.

¿Cómo que si quería verla? ¿Le estaba tomando el pelo o qué?

–Empezaba a temer que nunca me lo propondrías.

Logan podría haberse dejado llevar por la pasión del momento, pero quería que la primera vez entre ellos fuera especial. Y aún más, necesitaba que Hannah supiera que para él significaba mucho más que un desahogo momentáneo. Empezaba a significar más de lo que debería.

La llevó de la mano al dormitorio principal y cerró la puerta tras ellos para aislarse del mundo exterior.

Hannah permaneció en silencio mientras él retiraba las mantas.

–Quítate los zapatos.

Mientras ella se sentaba en la cama para quitarse las zapatillas él se sentó en el sillón para quitarse las botas. A continuación la hizo ponerse en pie y, tras constatar en su mirada que confiaba plenamente en él, le quitó la camiseta y la arrojó a un lado. Advirtió que se encogía ligeramente al quitarle el sujetador, y un inconfundible calor al bajarle los vaqueros y las braguitas. Ella se apoyó con una mano en su hombro para librarse del montón de ropa a sus pies y él la levantó en brazos y la posó en la cama.

125

El sol entraba por las ventanas y bañaba el hermoso cuerpo de Hannah con un resplandor dorado. Necesitaba tocarla.

La mirada de Hannah no vaciló mientras Logan se quitaba la camisa, pero notó que se fijaba en el tatuaje del brazo. Tendría que explicárselo más tarde. En esos momentos había otras prioridades más acuciantes. Se quitó los vaqueros y los boxers y abrió el cajón de la mesilla para sacar un preservativo, que arrojó sobre la cama. En cuanto a Hannah, parecía embelesada con su erección.

–No sabía que estuvieras tan contento de verme… –le dijo con una sonrisa.

–Estoy exultante de verte.

Se acostó junto a ella y permaneció de rodillas para moverse mejor. La acarició entre los pechos, deteniéndose en cada pezón, y siguió bajando lentamente. Oyó que ahogaba un gemido, y cuando sustituyó la mano por la boca le pareció que dejaba de respirar.

En el sexo las mujeres siempre tenían ventaja… Necesitaban muy poco tiempo para recuperarse. Y Logan estaba decidido a demostrarlo aunque su cuerpo estuviera a punto de explotar.

Le separó las piernas para colocarse entre ellas y la besó debajo del ombligo. No se demoró allí mucho tiempo, ya que le esperaba un destino más interesante. Un lugar íntimo que necesitaba atención inmediata. Cuando pegó la boca Hannah dio una sacudida, pero él la sujetó y con la lengua la llevó a otro orgasmo. Fue aún más intenso que el primero, por la fuerza con que ella le clavó las uñas en el hombro.

Logan había esperado todo lo humanamente posible para hacerle el amor. Espoleado por su respuesta, se puso el preservativo en un tiempo récord, se colocó sobre ella y se deslizó con facilidad en su interior, empleando todo su autocontrol para deleitarse al máximo con la increíble sensación.

Hacía mucho tiempo que sabía cómo llevar una mujer al límite, pero en los últimos años también había aprendido a proteger sus emociones. Sus amantes, pocas, solo habían sido un medio para lograr un fin. Sin compromisos ni promesas. Solo placer y satisfacción recíprocos. Hasta ese momento no se había dado cuenta de lo vacía que había llegado a ser su vida. Hasta que llegó Hannah.

Redujo los movimientos al mínimo y la sujetó pegada a él. Quería que aquel incomparable deleite durase, si no para siempre, al menos un poco más. Pero su cuerpo tenía otras ideas y el orgasmo lo sacudió con la fuerza demoledora de un huracán.

No recordaba la última vez que había sentido algo tan fuerte, o la última vez que el corazón le había latido tan rápido. Y tampoco recordaba querer quedarse así el resto del día, en los brazos de una mujer a la que conocía desde hacía tan poco tiempo. Pero a veces sentía que conocía a Hannah desde siempre.

Ella se movió debajo de él y suspiró, y Logan lo

interpretó como una señal de que la estaba aplastando con su peso. Rápidamente se giró boca arriba.

—¿Adónde vas? —le preguntó ella.

Él deslizó el brazo debajo de ella y la apretó contra su costado.

—Sigo aquí, Hannah.

Ella se incorporó y le acarició el corazón roto que tenía tatuado en el brazo, con una A en una mitad y una G en la otra.

—¿Son las iniciales de tu exmujer?

Logan se esperaba aquella pregunta y decidió contarle una verdad a medias.

—No. Son de una chica que conocí hace tiempo.

Ella posó la mejilla en su pecho, justo encima del corazón, que volvía a estar latiendo.

—Debió de ser muy especial para ti… Siento que te rompiera el corazón.

Se quedó callada y Logan pensó que se había dormido, pero estaba equivocado.

—¿Nunca has pensado en tener hijos?

Las alarmas se dispararon en su cabeza.

—No estoy hecho para eso.

Ella volvió a levantar la cabeza.

—¿Cómo lo sabes si no lo has probado? ¿O es que no te gustan los niños?

—Me gustan mucho. Son mucho más transparentes que los adultos. Pero no basta con que te gusten para criarlos como es debido.

Hannah apoyó la cabeza en la almohada.

—Yo creo que serías un buen padre.

Hannah merecía la verdad. Tenía que conocer al hombre que se ocultaba tras la fachada. A Logan no le hacía gracia revelar los detalles oscuros. Sería como abrir una vieja herida imposible de sanar. Y lo peor sería arriesgarse al posible desprecio de Hannah. Pero no le quedaba otra elección que ser honesto y sincerarse por completo.

—¿Hannah?

—Mmm… —murmuró ella mientras le acariciaba la barriga.

—Hay algo que debo contarte, y no te va a gustar.

Hannah sospechaba que Logan había estado ocultando un secreto, pero ¿estaba preparada para oírlo? Más le valía estarlo, porque Logan le tendió la camiseta y las braguitas y le dijo que se las pusiera con un extraño desapego.

Mientras ella se vestía, él se puso los vaqueros y se sentó en el borde de la cama, de espaldas a ella. Se quedó callado tanto rato que Hannah se preguntó si había cambiado de idea sobre la necesidad de confesarse.

—Yo tenía una hija…

Hannah ahogó un gemido. Se esperaba cualquier cosa: una aventura, un problema en el trabajo, un negocio que se hubiera ido a la quiebra… Aquello explicaba la foto que había encontrado en su mesa.

—¿Perdiste su custodia?

—La perdí a ella. Murió.

Hannah no salía de su asombro.

–¿Cuándo ocurrió, Logan?

–Hace casi ocho años. Solo tenía cuatro años.

Hannah tragó saliva y le puso una mano en el hombro.

–Lo siento mucho, Logan –era todo lo que podía decirle en un momento así. Al fin comprendía por qué tantas personas se habían quedado sin palabras tras la muerte de Danny.

Él se inclinó hacia delante, con las manos en las rodillas, y mantuvo la mirada fija en el suelo.

–Se llamaba Grace Ann. Yo la llamaba Gracie.

Grace Ann. Las iniciales del tatuaje. La pérdida le había destrozado el corazón. No la pérdida de una mujer, sino de una niña preciosa.

–Sé lo terrible que es perder a un marido, pero no puedo imaginarme lo que debe de ser perder a una hija.

–Nadie puede imaginárselo hasta que te sucede a ti. Cuando Jana se quedó embarazada acabábamos de terminar los estudios de Derecho. Los dos éramos jóvenes y ambiciosos, ávidos por triunfar en nuestra carrera. No entraba en nuestros planes tener un hijo. Pero cuando Gracie nació y me la pusieron en los brazos, sentí que el amor por ella me desbordaba. Me prometí que movería montañas con tal de protegerla… Y fracasé.

–A veces suceden cosas horribles que no podemos prever ni impedir, Logan.

–Yo podría haberlo impedido.

Una vez más Hannah no supo qué decir, de modo que se limitó a esperar. Pasaron unos cuantos segundos hasta que él rompió aquel silencio cargado de dolor.

–Le compré una bicicleta cuando cumplió cuatro años. Le encantaba… –volvió a callarse un momento, sumido en los recuerdos–. Dos días después yo tenía que volver temprano a casa para enseñarle a montar. Acababan de nombrarme socio minoritario y me habían asignado un caso muy importante. La vista previa al juicio se alargó más de lo previsto y no pude volver a casa hasta que se hizo de noche. Antepuse mi trabajo a mi hija.

–No eres el primer hombre que antepone el trabajo a la familia cuando la situación lo requiere. Danny no vino a cenar muchas veces porque tenía que hacer horas extras para asegurar nuestro futuro.

–Pero yo ya ganaba mucho dinero por entonces, y también mi mujer. Podría haber dejado que se ocupara mi ayudante, pero estaba obsesionado con demostrarles a los socios mayoritarios que habían hecho bien al elegirme. Y esa obsesión le costó la vida a mi hija.

Hannah necesitaba saber lo que había pasado, pero tenía miedo de preguntárselo.

–Logan, estoy intentando comprender por qué te sientes culpable, pero me falta información.

–Cuando llegué aquella noche vi la ambulancia y el coche de policía delante de la casa. Me dije que algún vecino había tenido un accidente por conducir rápido, pero algo me decía que había ocurrido una desgracia inimaginable... y estaba en lo cierto –respiró profundamente–. Salí del coche y corrí hacia la ambulancia, pero un policía me cortó el paso e impidió que me acercara. Me dijo que Grace había salido en bici a la calle justo cuando pasaba un coche. La mujer al volante no la vio y no tuvo tiempo de frenar.

Hannah sintió el dolor y la angustia de Logan en sus propias carnes.

–Dios mío, Logan... No sé qué decir.

–Me dijeron que murió al instante –continuó él–. No sufrió. Pero los demás sufrimos todos. Aquella noche Jana me dijo gritando que jamás me perdonaría.

–¿Te culpó a ti de lo sucedido?

–Nos culpamos mutuamente. Ella me recriminó que le hubiera comprado la bici y que no hubiese vuelto a casa a tiempo. Yo le recriminé que no hubiera estado más atenta con Grace. Y los dos recriminamos a la niñera por marcharse temprano.

Hannah intentó asimilar todo lo que había oído mientras Logan volvía a guardar silencio unos segundos.

–Teníamos una alarma en la piscina. Habíamos instalado el más moderno sistema de seguridad y toda la casa estaba a prueba de niños. Pero no fue suficiente. La puerta del garaje no estaba cerrada con llave. Gracie solo tuvo que subirse a un taburete para abrirla...

–¿Dónde estaba tu mujer cuando Gracie salió de casa?

–Mirando su correo en el ordenador. Dijo que Gracie estaba viendo un DVD unos minutos antes de que ella entrase en el estudio, y yo la creí. Jana siempre fue una buena madre, aunque tuviera la misma ambición que yo por triunfar. Una falta de atención momentánea por su parte y una ambición ciega por la mía cambiaron nuestras vidas para siempre.

Para Hannah la culpa era de la mujer de Logan, pero ¿qué derecho tenía a juzgarla si también ella había incurrido en un descuido semejante?

–Los niños siempre encuentran formas para escaparse, por muy atentos que estén los padres. Una vez estaba en el supermercado con Cassie y se escabulló apenas aparté la mirada de ella. Necesité media hora y la ayuda de un guardia de seguridad para encontrarla. En ese tiempo cualquiera podría haberla secuestrado.

–Gracie nunca había salido de casa sin un adulto –dijo Logan–. Pero debí de sospechar que tramaba algo cuando hablé con ella aquella tarde. Llamé a Jana para decirle que volvería tarde a casa y ella me pasó a Gracie para que se lo explicara yo mismo. Cuando le dije que aquella noche no podría ayudarla a montar se puso a llorar y dijo que lo haría ella sola. Yo se lo prohibí y la amenacé con quitarle la bici si lo intentaba. Ella siguió protestando, pero cuando le prometí que lo haríamos al día siguiente y que la llevaría al zoo el fin de semana pareció alegrarse y aceptarlo. Sus últimas palabras fueron: «Te quiero, Papá Oso». Le encantaba el cuento de *Ricitos de oro*.

A Hannah se le llenaron los ojos de lágrimas.

–Sé que no es lo mismo que tenerla contigo, pero al menos siempre te quedarán las últimas y bonitas palabras de Gracie.

–Nunca serán suficientes… –murmuró con la voz trabada por la emoción–. Al final pude perdonar a Jana, pero ya era demasiado tarde. Ella tenía razón. Nunca debí haberle comprado la maldita bici a Gracie.

–¿Cuándo vas a perdonarte a ti mismo, Logan?

Él la miró como si le hubiera hablado en un idioma desconocido.

–El perdón hay que ganárselo, Hannah. Y yo aún no me lo merezco.

Hannah quiso preguntarle cuánto tardaría en merecérselo, pero Logan parecía agotado por la conversación y los traumáticos recuerdos.

–Estás cansado…

Él se frotó la cara con las manos.

–Estoy exhausto.

Hannah se tumbó de espaldas en la cama y abrió los brazos.

–Ven… Túmbate conmigo un ratito.

Pensó que iba a ignorar su petición, pero Logan se quitó los vaqueros y aceptó el consuelo que ella le ofrecía.

Se quedaron dormidos y abrazados hasta que el

sol se ocultó. Logan volvió a hacerle el amor, al principio muy despacio y suave, antes de que la desesperación se apoderara de él.

–No me puedo contener –dijo entre jadeos.

–No pasa nada –lo tranquilizó ella, y siguió repitiéndoselo hasta que Logan se vació con un débil gemido.

Después la besó y acercó la boca a su oído para susurrarle.

–Quédate conmigo…

Ella le acarició la mandíbula sin afeitar y a punto estuvo de echarse a llorar.

–No voy a irme a ninguna parte, Logan.

–No te marches el sábado… Quédate otra semana.

–Tengo que volver a casa con Cassie.

–Ya sé que no tengo derecho a pedírtelo, pero te necesito… Necesito que te quedes un poco más.

«Aquellas tres palabras hicieron añicos la determinación de Hannah. Cassie estaría estupendamente sin ella una semana más, encantada de pasar más tiempo con su mejor amiga. Y para Gina no supondría ningún problema quedarse con ella.

Logan la necesitaba, y era maravilloso sentirse necesitada. En el fondo sabía que no podía salvarlo, pero tal vez si lo amaba lo suficiente…

–De acuerdo, Logan. Me quedaré.

Capítulo Ocho

–Logan Whittaker… ¿Qué te trae por aquí en mitad del día y de la semana?

La búsqueda de una información que Marlene debía de tener. Logan se había confesado con Hannah unos días antes, y era el momento de que Marlene hiciera lo mismo.

–Supongo que debería haber llamado antes.

–No seas tonto –lo reprendió ella mientras lo hacía pasar–. Prácticamente eres uno más de la familia –señaló las puertas que daban al jardín–. Hace un día precioso, ¿qué tal si hablamos fuera?

Logan se acomodó en un sillón de mimbre y Marlene se sentó a su lado. Los treinta mil acres del rancho Big Blue se extendían ante ellos hasta donde alcanzaba la vista. La casa original en la que J.D. y Ellie Lassiter habían criado a su familia, y que actualmente ocupaba el hijo de Marlene, Chance, se veía a lo lejos bajo el radiante azul que había dado nombre al rancho.

–Me gustaría tener una casa como esta algún día. Lejos de la ciudad –sin calles donde los niños corrieran peligro y… Un momento. ¿Por qué pensaba en niños? Él no quería tener más hijos. Nunca.

–Es un sitio muy tranquilo –dijo Marlene–. A todos los niños de la familia Lassiter les gustaba vivir aquí.

Logan se volvió a mirar el interior a través de los grandes ventanales.

–¿Está Angelica aquí? –no quería repetir su última conversación ni arriesgarse a que ella oyese que su padre había tenido una hija con otra mujer. Una revelación semejante la volvería loca.

–Se ha ido un par de días a Los Ángeles –respondió Marlene–. Últimamente está tan nerviosa que las dos necesitamos un respiro.

–Lo entiendo. El testamento de J.D. ha suscitado muchas dudas.

Marlene le dio una palmadita en el brazo.

–¿Por qué has venido, cariño?

–Por esas dudas. Estoy seguro de que tienes información sobre el vínculo de Hannah Armstrong con J.D. Y si sabes algo quiero que me lo digas, porque ella tiene derecho a saberlo.

Marlene se retorció nerviosamente las manos.

–Seguramente sea hora de que Hannah sepa la verdad, y sí, yo conozco los detalles. Pero antes de contártelos a ti me gustaría hablar con ella.

Sus sospechas no habían sido infundadas y las respuestas estaban al alcance de Hannah. Una parte se alegró por ella, pues al fin conocería la verdad, pero otra parte no quería que Hannah volviese a Boulder. Sin embargo no podía retrasar la revelación por su deseo egoísta.

–Si la traigo, ¿se lo contarás todo?

Marlene arqueó una ceja.

–¿Aún sigue aquí?

–Sí. Le pedí que se quedara otra semana –una inolvidable semana de sexo, conversación y compenetración con una mujer que se había convertido en alguien muy especial para él. Una semana que había pasado demasiado rápido. Pero él no tenía nada que ofrecerle y al final tendría que dejarla marchar.

–¿Qué la hace tan diferente a las otras? –le preguntó Marlene, sacándolo de sus divagaciones.

Podría pasarse horas enumerando las virtudes de Hannah, por lo que se limitó a las más importantes.

–Es buena y divertida, y también muy fuerte. Pocas personas podrían superar la muerte de un marido, criar sola a una hija, ocuparse de un pariente enfermo y terminar los estudios a la vez. Sin pretenderlo consigue que alguien se abra y le cuente la historia de su vida –igual que la mujer que tenía sentada a su lado.

Marlene volvió a arquear una ceja.

–¿Le has contado la tuya?

–Sí… Sabe lo de Grace –había sido durísimo, pero se lo había contado todo.

Marlene le sonrió como una madre.

–Me alegro mucho, Logan. Y si sigue en tu casa será porque te echa la culpa a ti, ¿me equivoco?

–No, no te equivocas –aunque él aún tuviera que abandonar el sentimiento de culpa–. Pero también es compasiva.

–Es una mujer que entiende lo que significa perder a alguien –dijo Marlene–. Igual que yo. Todos formamos parte de ese club sin quererlo. Hannah entiende tu dolor, y tú tienes mucha suerte de haberla encontrado.

–No te hagas muchas ilusiones. El sábado ella volverá a su vida y yo a la mía.

–¿A tu vida solitaria de siempre? –le preguntó con el ceño fruncido–. Sería una estupidez dejarla marchar, Logan, cuando ella puede formar parte de tu futuro.

Otra vez con lo mismo…

–Tuvimos esta conversación la semana pasada.

–Y la seguiremos teniendo hasta que entres en razón.

–Marlene, mi trabajo no me deja tiempo para la vida personal, y no tengo intención de dejarlo hasta dentro de veinte años, por lo menos.

–El trabajo no lo es todo. La familia, sí.

Su trabajo había destruido indirectamente una familia. No se arriesgaría a que volviera a pasar.

–Mira, me gusta estar con Hannah, pero no sé si alguna vez podré volver a comprometerme en serio. Ya he pasado por un divorcio y no quiero repetirlo. Y además, Hannah es una madre soltera. Tendrá expectativas que yo quizá no pueda cumplir.

Marlene lo miró fijamente con los ojos entornados.

–Parte de tus temores tienen que ver con su hija, ¿verdad?

Solo alguien tan perspicaz como Marlene podría intuirlo.

—¿Acaso no tengo motivos para estar preocupado? ¿Y si Cassie y yo nos encariñamos y la relación con Hannah no funciona? Sería como…

—¿Como si volvieras a perder a Grace?

Había dado en el clavo.

—No sería justo para ninguna de las dos.

Marlene se inclinó hacia delante.

—Cariño, en la vida hay que buscar el equilibrio y correr riesgos cuando se trata del corazón. Pero una vida sin amor no es una vida plena. No estamos hechos para estar solos. Tenlo presente antes de que tus miedos te alejen de Hannah.

—Tengo miedo de hacerle daño, Marlene —de fallarle igual que les había fallado a su exmujer y a su hija.

—¿Por qué no dejas que sea ella quien decida si quiere arriesgarse contigo?

Logan miró la hora y se levantó.

—Tengo una reunión dentro de una hora. Será mejor que vuelva a la oficina… ¿Cuándo quieres hablar con Hannah?

Marlene también se puso en pie.

—Tráela a comer el sábado. Después me la llevaré aparte para hablar con ella a solas. O mejor aún, ¿por qué no traes también a su hija, Cassie? Podría ser una sorpresa para el Día de la Madre, y así tendrías más tiempo con ella.

Logan se había olvidado por completo del Día de

140

la Madre. La sugerencia de Marlene le permitiría tener más tiempo con Hannah, y seguro que ella apreciaría el gesto.

–Tendría que pensar la forma de organizarlo todo sin que se diera cuenta.

–Eres un hombre muy listo, Logan. Seguro que se te ocurre algo.

Y de repente un plan empezó a cobrar forma en su cabeza. Le preocupaba cuál sería su reacción al estar con una niña pequeña de una edad parecida a la de Grace, pero no lo sabría a menos que lo intentara. Y esa vez tenía que pensar en Hannah, no en sí mismo.

Le dio un abrazo a Marlene.

–Gracias. Hannah necesita saber su historia.

–De nada, cariño. Y cuando sepa la verdad necesitará tu apoyo más que nunca.

Logan no pensaba fallarle. Estaría a su lado igual que ella había estado al suyo.

–Ya sospecha que J.D. era su padre. Si se lo confirmaras se quedaría mucho más tranquila.

Marlene suspiró.

–Pensándolo bien, quizá sea mejor que te cuente algo para que estés preparado. Pero tienes que prometerme que no le dirás nada.

–Te lo prometo, pero tienes que contarme hasta el último detalle.

–J.D. no era el padre de Hannah.

Logan se quedó desconcertado. Al parecer él y Hannah habían seguido la pista equivocada.

–¿Entonces quién era su padre?

–Mi marido, Charles.

Se había pasado el día haciendo la colada y preparando el equipaje… Su último día en Cheyenne.

Logan le envió un mensaje para decirle que estaría en casa a las tres de la tarde, y Hannah se sentó a esperarlo en el sofá del salón, vestida únicamente con la camisa blanca de Logan. Se sentía ridícula, pero ¿qué mejor manera de recibirlo para pasar su última noche juntos? A pesar de sus exhaustivos esfuerzos, al día siguiente volvería a casa sin respuestas sobre su padre… y sin saber si volvería a ver a Logan.

En los dos últimos días le había parecido distante, o al menos distraído. Seguramente estaba planeando su despedida y ella debería estar preparada para marcharse. Y eso haría, en cuanto pusiera en marcha su dudoso plan. Mientras tanto se negaba a pensar en el dolor que le infligiría la inminente separación por haberse enamorado ingenuamente de un hombre que nunca podría corresponderle de igual manera.

Al oír la puerta se estiró en los cojines y adoptó lo que esperaba que fuese una postura sensual y provocativa. Logan entró en el salón, dejó su maletín y se detuvo en seco al verla.

–Hola.

Ella se echó hacia atrás el pelo y sonrió.

–Hola…

Él se acercó al sofá.

–Nunca le había dicho esto antes a una mujer, pero... vas a tener que vestirte.

Hannah hizo un mohín con los labios.

–¿No te gusto así?

–Mucho. Pero tengo una sorpresa para ti y tienes que estar vestida.

Ella se enderezó y puso los pies en el suelo.

–Yo también tengo una sorpresa para ti... No llevo braguitas.

Él dudó un momento.

–No tenemos mucho tiempo, y tengo que darme una ducha.

Hannah se desabrochó dos botones de la camisa, ofreciéndole una vista de sus pechos.

–Yo también. Podríamos ducharnos juntos...

La resistencia de Logan se esfumó al instante. La agarró de las manos y tiró de ella para levantarla.

–Siempre conviene ahorrar agua.

Corrieron hacia el cuarto de baño, deteniéndose varias veces para besarse.

–Si uso tu jabón y tu champú voy a oler como un hombre –dijo Hannah, abrazándolo por detrás.

–Mejor eso a que yo huela a mujer –replicó él, girándola en sus brazos, le puso la mano en el trasero y la apretó contra su erección.

Se enjabonaron mutuamente. A Hannah no le importaba lo más mínimo si el olor de Logan impregnaba su piel durante toda la noche, o al día siguiente cuando volviera a casa. Pero no quería pensar en marcharse, y Logan la ayudó a no hacerlo con sus suaves caricias y los besos que le prodigaba por todo el cuerpo. Se arrodilló ante ella y la llevó al borde del orgasmo con la boca, pero en el último momento se levantó y cortó el chorro de agua. Su respiración agitada resonaba en la ducha.

–No tenemos protección.

Hannah hizo un rápido cálculo mental y se dio cuenta de que era el peor día para arriesgarse.

–No podemos seguir.

–Lo sé. Que te quedes embarazada es lo último que necesito.

A Hannah le dolió la firmeza con que lo dijo, pero Logan tenía sus motivos para estar tan convencido. No quería tener más hijos.

–¿Qué te parece si continuamos en el dormitorio?

–Buena idea –la levantó en brazos y la llevó a la cama. La dejó sobre la colcha y se puso rápidamente un preservativo–. Quiero verte mientras hacemos el amor –la besó con pasión–. Y quiero que lleves tú la iniciativa.

Ella le sonrió con picardía.

–Quieres que me ponga encima…

–Eso es.

Ningún problema. Se levantó y se colocó a horcajadas sobre sus muslos. Él la levantó para penetrarla hasta que sus cuerpos encajaron a la perfección. Desde ese momento, Hannah se dejó llevar por su instinto y se sintió como si se hubiera convertido en otra persona… alguien poderosamente sensual que tenía el control en sus manos. Pero ese control empezó a desvanecerse cuando Logan comenzó a tocarla sin tregua hasta llevarla al orgasmo. Solo entonces Hannah se dio cuenta de lo cerca que estaba Logan de llegar y con un movimiento de sus caderas le dio el último empujón. Observó extasiada cómo la respiración se le aceleraba, cómo apretaba la mandíbula y tensaba todo el cuerpo bajo ella sin apartar la mirada de la suya ni un momento.

Exhausta y satisfecha, Hannah se derrumbó sobre el pecho de Logan y apoyó la cabeza contra su desbocado corazón. Él le frotó suavemente la espalda con una mano y le acarició el pelo con la otra, sumiéndola en una maravillosa sensación de paz.

–Eres extraordinaria, cariño.

–Tú tampoco estás mal, guapo.

Él le dedicó una arrebatadora sonrisa y ella la guardó en su memoria para evocarla en un día lluvioso.

–Ojalá… –empezó él.

–¿Ojalá qué?

–Ojalá te hubiera conocido hace años, cuando los dos éramos jóvenes y sin compromiso.

–Bueno, teniendo en cuenta que eres ocho años mayor que yo y que me casé con veinte años, habría sido menor de edad si hubieras salido conmigo antes de conocer a Danny.

–Tienes razón, y parece que querías mucho a tu marido.

–Pues sí –respondió ella sin dudarlo–. Pero sé que él hubiera querido que fuese feliz y que continuara con mi vida.

–Mereces ser feliz, Hannah. Algún día encontrarás a alguien con quien poder serlo.

Era evidente que no se consideraba digno de ocupar un puesto para el que, en realidad, no habría nadie mejor que él. No era exactamente una despedida, pero casi.

Hannah se incorporó y tiró de la sábana para que él no viera sus lágrimas.

–¿Estás bien, Hannah?

No, no estaba bien. Ni muchísimo menos.

–Sí. ¿No habías dicho que teníamos prisa?

Hizo ademán de levantarse, pero él la agarró por la muñeca.

–Te aseguro que si las cosas fueran distintas, si yo fuera el hombre adecuado para ti…

Ella se giró hacia él con una sonrisa forzada.

–No pasa nada, Logan. Antes de que todo esto empezara te dije que no tenía expectativas –y le había mentido sin saberlo siquiera.

–Eres una mujer única, Hannah. No lo olvides nunca.

Lo único que sabía con toda seguridad era que nunca lo olvidaría a él.

Una hora después se subió al Mercedes de Logan sin saber adónde se dirigían. Se quedó dormida du-

146

rante el trayecto y al despertar vio que estaban cerca de Fort Collins, en Colorado, en dirección a Boulder.

Ocultó un bostezo con la mano y miró a Logan.

—Si querías que me fuera a casa solo tenías que decírmelo.

Él le dedicó una sonrisa fugaz.

—No es ahí adonde vamos.

—¿Te importa decirme adónde vamos?

—Lo verás enseguida.

Cinco minutos después se detuvieron en un área de descanso. Logan apagó el motor, se bajó del coche sin decir nada y le abrió la puerta.

—Hora de salir a dar un paseo.

—No necesito dar un paseo.

—Este querrás darlo, lo necesites o no.

Ella se dio unos golpecitos en la barbilla, fingiendo pensar.

—A ver si lo adivino... Has preparado una cena íntima en un área de descanso.

—No.

—¿Un picnic bajo los halógenos a la vista de los camioneros y con olor a gasolina?

—Puedes quedarte aquí sentada haciendo chistes o puedes venir conmigo y ver tu sorpresa.

Ella hizo un saludo militar.

—A sus órdenes, excelencia.

Salió del coche y siguió a Logan sin tener la menor idea de su destino. Entonces vio el todoterreno plateado y el adorable rostro pegado a la luna trasera.

Gina abrió la puerta del vehículo para dejar salir a una pelirroja con zapatillas blancas, pantalones cortos azules y camiseta a juego, con una diadema en la cabeza.

—¡Mamá!

Hannah se arrodilló y a punto estuvo de caer hacia atrás al recibir el impetuoso abrazo de su hija.

—¡Te he echado mucho de menos, cariño! —le dijo mientras la colmaba de besos—. ¿Pero qué haces aquí?

La niña se echó hacia atrás, se secó las lágrimas con la mano y esbozó su desdentada sonrisa.

—Es un regalo para el Día de la Madre. ¡Gina me ha dicho que voy a pasar el fin de semana contigo y con el príncipe!

—Todo ha sido obra de tu abogado —dijo su mejor amiga, acercándose con la maleta de Cassie.

Hannah se levantó y se volvió hacia Logan.

—¿Cómo has conseguido organizarlo todo sin que me diera cuenta?

Él se rascó la nuca.

—Tuve que robarte el móvil cuando estabas distraída para buscar el número de Gina.

—Me llamó y me pidió que trajera a Cassie a mitad de camino —añadió Gina—. Frank se ha quedado en casa con un niño pequeño y una hija enfurruñada por la pérdida de su mejor amiga.

Un rato antes Logan había declarado que no podía ser la clase de hombre que ella necesitaba, y luego se contradecía a sí mismo haciendo algo sumamente especial y desinteresado.

–Ha sido una sorpresa maravillosa, señor Whittaker. Muchas gracias.

–No de hay de qué –respondió él, quitándole la maleta a Gina.

Cassie le tiró de la manga.

–Tengo hambre, príncipe Logán.

–Pues pongámonos en marcha para buscarle algo de comer a la reina –dijo con una reverencia que hizo sonreír a Cassie.

Hannah le quitó la maleta.

–Si no te importa sentarla en el coche, yo iré en cuanto Gina me dé un informe completo… Cassie, no te separes de Logan mientras cruzáis el aparcamiento.

–Tranquila –le dijo Logan.

Cassie deslizó su manita en la mano de Logan y Hannah advirtió el brillo en sus ojos. Sin duda se veía invadido por los recuerdos de su hija, a quien él creía haber fallado para protegerla.

Los dos se alejaron y Hannah se volvió hacia su amiga.

–Te agradezco mucho lo que has hecho. No solo hoy, sino las dos últimas semanas.

–La pregunta es, ¿ha valido la pena?¿Encontraste lo que andabas buscando?

Hannah negó con la cabeza.

–Sigo sin saber quién fue mi padre, y he aceptado que quizá nunca lo sepa.

–No me refiero solo a tu padre, sino a ti y al abogado. ¿Ves un futuro en común?

Por desgracia, no.

–No es el tipo de hombre que quiera comprometerse y formar una familia, Gina. Es un hombre extraordinario que ha sufrido mucho, pero se ha encerrado en sí mismo. Y me parece bien. No esperaba que fuera a tener mayores consecuencias.

Su amiga la miró fijamente.

–Lo has hecho, ¿verdad?

–Hemos tenido esta conversación al menos cuatro veces en la última semana. Sí, lo hemos hecho. Muchas veces.

–No estoy hablando de sexo –dijo Gina–. Te has enamorado de él, ¿verdad? Y no te atrevas a negarlo, porque puedo verlo en tu cara. Te has enamorado como una tonta.

A Hannah se le pusieron los vellos de punta.

–No soy tonta ni me he enamorado de él.

–Mientes como una bellaca.

–Eres insufrible –Hannah señaló con el pulgar por encima del hombro–. Mi hija me está esperando.

Gina levantó las manos en un gesto de rendición.

–Muy bien. Vete con tu hija y con el abogado. Pero cuando llegues a casa vamos a tener una larga charla sobre las virtudes del sexo emocionalmente seguro.

Y después de aquella charla seguramente necesitara derramar muchas, muchas lágrimas.

***

150

Cuando llegaron a casa Logan se sentía abrumado por los remordimientos. Se acordaba de Gracie a cada momento, la echaba terriblemente de menos. Y el dolor fue aún más intenso cuando llevó a una durmiente Cassie al piso de arriba.

–Puedes dejarla en mi cama –dijo Hannah tras él.

Aquello no formaba parte del plan.

–Estará mejor aquí –abrió la puerta de la habitación que había mantenido como un tributo a su hija.

Hannah ahogó un gemido cuando vio la cama doble cubierta con una colcha blanca con estampado de zapatillas rosas.

–¿Cuándo has hecho esto? –susurró mientras retiraba la colcha.

Logan dejó a Cassie con cuidado en la cama. Hannah le quitó los zapatos, le dio un beso en la mejilla y salieron al pasillo.

–El dueño de una tienda de muebles es un cliente mío. Le pedí que enviara la cama justo después de que nos pusiéramos en marcha.

–¿Y la colcha?

–La compré ayer durante el almuerzo.

Hannah se cruzó de brazos.

–No quiero parecer desagradecida, porque de verdad aprecio mucho el detalle. Pero ¿por qué has comprado una cama si solo vamos a pasar aquí una noche?

–Pensé que a lo mejor accedías a quedarte otra noche.

Ella suspiró.

–Tengo que irme a casa y ponerme a buscar trabajo.

–Tal vez tú y Cassie podríais venir de visita cuando te fuera posible. Podría enseñar a Cassie a montar a Lucy.

–¿Qué sentido tendría, Logan? Ya has decidido que lo nuestro no tiene futuro. ¿Por qué iba a darle falsas esperanzas a mi hija y hacerle creer que podría haber algo más entre nosotros?

Quería oírle decir que podría haber algo más.

–Supongo que tienes razón.

–Claro que la tengo. Y ahora que está todo claro, me voy a la cama. Te veré mañana.

A Logan no debería sorprenderle su brusco rechazo, habiéndole dejado claro que no podía ser el hombre de su vida. Pero no se esperaba el doloroso nudo que se le formó en el estómago.

Sin embargo, y a pesar de su orgullo herido, aún podía proporcionarle la información que Hannah había buscado desde el principio.

–Marlene Lassiter quiere que mañana vayamos a comer al Big Blue.

Hannah frunció el ceño.

–Había pensado en irme temprano.

–¿No puedes esperar hasta más tarde? –le preguntó él, intentando no parecer desesperado–. A Cassie le encantaría el rancho –había aprendido que para llegar al corazón de una madre solo había que hablar de sus hijos.

Y la artimaña surtió efecto.

–Supongo que unas cuantas horas más no importan –aceptó ella–. Además, podría aprovechar la ocasión para hacerle unas cuantas preguntas a Marlene sobre J.D., si a ella le parece bien.

No sospechaba que aquella era exactamente la intención de Marlene, responder a todas sus preguntas. Logan sintió remordimientos por no ser del todo sincero con ella.

–Buena idea. Marlene estará encantada de contarte lo que sabe.

–Siempre que sepa algo.

Al día siguiente no solo descubriría quién había sido su verdadero padre, sino también que tenía un hermano.

–Puede que te sorprendas.

–O puede que no –repuso ella–. Pero mañana lo sabré.

Empezó a apartarse, pero Logan la agarró de la mano y tiró de ella para estrecharla entre sus brazos. Ella se lo permitió un momento antes de soltarse.

–Que duermas bien, Logan.

Por primera vez Hannah se retiró a su habitación y Logan se marchó a la suya sin ni siquiera un beso de buenas noches.

¿Que durmiera bien? Imposible. No podría pegar ojo pensando que iba a perderla. Pero aún le quedaba otro día con ella. Haría que Hannah y su hija se lo pasaran en grande e intentaría convencerse a sí mismo una vez más de por qué no la merecía.

Capítulo Nueve

Cuando Marlene Lassiter la hizo pasar a su estudio después del almuerzo, Hannah apenas podía reprimir su curiosidad. Se preguntó si la sometería a un tercer grado sobre su relación con Logan. De ser así no le sacaría nada, ya que a partir de aquel día acabaría toda relación entre ellos.

—Siéntate, querida —le indicó uno de los sillones, se tiró nerviosamente del bajo de su blusa blanca y se detuvo en lo que parecía un bar.

Hannah tomó asiento y observó la habitación. Era un estudio grande y rústico, como el resto de la casa, con estanterías a cada lado de la chimenea de piedra. Esta era mucho más pequeña que la del salón, donde Logan y Cassie se habían quedado viendo una película. La pequeña se había pegado a su costado como una lapa. Logan se había pasado toda la mañana jugando con ella en el granero, permitiendo que se encamarara a las balas de heno bajo su atenta mirada. Sin duda se vería asaltado por dolorosos recuerdos, pero en ningún momento lo demostró. Se limitó a interpretar pacientemente el papel de caballero para la reina de las hadas. Pero a Hannah no se le pasó por alto la tristeza de su mirada.

–¿Cómo de grande es esta casa?

–Mil metros cuadrados, ocho dormitorios y al menos diez cuartos de baño. No estoy muy segura, porque siempre pierdo la cuenta...

Hannah se había hecho una idea de sus dimensiones cuando cruzaron las puertas del rancho, pero no se imaginaba que fuera tan grande.

–¿Te apetece una copa de vino, querida?

–Sí, pero solo un poco. Tengo que volver a casa esta noche.

–Solo el necesario para calmar los nervios.

Hannah quiso preguntarle por qué debería estar nerviosa, pero cuando Marlene volvió con las copas, tan seria como una predicadora, pensó que muy pronto lo averiguaría.

Aceptó el vino y tomó un rápido sorbo. Marlene tomó un buen trago y agarró el cuello de la copa con tanta fuerza como si fuera a partirlo en dos.

–Te estarás preguntando por qué te he hecho venir...

–Supongo que tiene algo que ver con Logan.

–La verdad es que no. Tiene que ver con...

–¿Estás ahí, mamá?

Marlene le lanzó una mirada de disculpa antes de responder.

–Sí, Chance, estoy aquí.

La puerta se abrió y apareció un hombre alto y fornido de pelo castaño.

–Quería saber si las brasas de la barbacoa siguen calientes.

–Sí, siguen calientes –respondió Marlene–. Chance, esta es Hannah, la nueva chica de Logan. Hannah, este es mi hijo, Chance, a quien voy a tener que echar de casa como no aprenda a limpiarse las botas al entrar.

Hannah quiso corregir lo de «la nueva chica de Logan», pero cuando Chance Lassiter la miró se quedó prácticamente muda. Aquel hombre tenía los ojos del mismo color verde que los suyos, y aunque su pelo era ligeramente más claro el parecido era asombroso.

Dejó la copa en la mesa y le ofreció la mano.

–Encantada de conocerte, Chance.

Él se inclinó y le estrechó la mano.

–Lo mismo digo –respondió, antes de girarse hacia su madre–. ¿Has hecho hamburguesas o chuletas?

–Chuletas, por supuesto. Como siempre que tenemos invitados. Te he dejado una en la nevera para que la hagas a tu gusto. Vuelva y vuelta en la parrilla y listo –se giró hacia Hannah–. Chance se encarga del rancho y del ganado. Tenemos la mejor Black Angus del país, pero espero que tú misma lo hayas apreciado al probar nuestras chuletas.

Por suerte para Hannah no le habían presentado a las vacas antes de comérselas.

–La mejor, sin duda alguna.

Chance sonrió con orgullo.

–Nuestro objetivo es ofrecer siempre lo mejor… Bueno, os dejo con vuestras cosas mientras me voy a comer algo. Supongo que la niña pelirroja que está durmiendo en el sofá con Logan es tuya, Hannah.

Al parecer Cassie había caído finalmente rendida, por suerte para el pobre abogado.

–Sí, es mi hija. Es un pequeño torbellino.

–Es tan guapa como su madre –comentó él–. Logan es un tipo con suerte. Creo que iré a decírselo antes de comer.

Al quedarse de nuevo solas Hannah, le sonrió a Marlene.

–Parece un buen hombre. ¿Es tu único hijo?

–Sí, así es. Y lo ha hecho muy bien, teniendo en cuenta que perdió a su padre cuando tenía ocho años. Creo que tú deberías tener unos seis…

¿Cómo podía saberlo?

–Marlene, ¿te ha contado Logan por qué vine a Cheyenne?

Ella apartó un momento la mirada.

–Sí, pero no se lo tengas en cuenta. Solo intentaba ayudar.

La determinación de Logan por ayudarla no dejaba de impresionar a Hannah.

–Entonces sabes lo de la renta que me dejó J.D.

–Lo sé, pero nadie más en la familia lo sabe.

–¿Y el acuerdo de confidencialidad que tengo que firmar para aceptarlo?

–J.D. añadió esa cláusula para protegerme.

Aquello no tenía ningún sentido para Hannah.

–¿Por qué iba a querer protegerte?

Marlene apuró el resto del vino y dejó la copa en la mesita.

–Porque mi marido, Charles, era tu padre.

Hannah se quedó de piedra unos segundos, antes de verse asaltada por un torrente de dudas e interrogantes.

–¿Y tú lo has sabido desde… cuándo?

–Charles me contó que había tenido una aventura con Ruth a los pocos días de ponerle fin. No supimos que estaba embarazada hasta dos semanas después de que tú nacieras.

Hannah no sabía si disculparse con Marlene por la transgresión de su madre o recriminarle que no se lo hubiera dicho antes.

–¿Estás absolutamente segura de que Charles era mi padre?

–Le exigí que se hiciera una prueba de paternidad, y cuando quedó demostrado que era tu padre Charles insistió en formar parte de tu vida.

Hannah se tomó un momento para asimilarlo.

–Pues no llegó a hacerlo, ya que no recuerdo a ningún hombre que afirmara ser mi padre.

Marlene se sacó una foto del bolsillo y se la tendió.

–En esta foto tenías dos años.

Un vaquero desgarbado y atractivo estaba sentado en un banco en el parque con una niña pequeña y sonriente en su regazo. Hannah no lo reconoció, pero a ella sí.

–No recuerdo nada de esto… Ni a él –murmuró, llena de odio y frustración.

–Eso es porque tu madre no le permitió seguir viéndote cuando Charles se negó a dejarme por ella.

Hannah sintió cómo la ira explotaba en su interior.

–¿Mi madre me usó como un peón?

–Por desgracia así fue –le confirmó Marlene–. Si Charles no cedía a sus demandas ella no le permitiría ver a su hija.

Hannah no estaba segura de poder seguir escuchando, pero tenía que saberlo todo.

–¿Y no pensó en luchar por mí?

–No, querida, esa no es la cuestión. Charles habló con varios abogados a lo largo de los años, incluso con un abogado de la familia que trabajaba en el bufete de Logan. Todos le dijeron lo mismo. Los derechos de una madre, especialmente de una madre a la que un hombre casado había abandonado, prevalecían sobre los derechos del padre biológico.

–Esas leyes están obsoletas.

–Así eran en su día las leyes –repuso Marlene, poniéndole una mano en el brazo–. Pero Charles nunca perdió la esperanza de que las cosas cambiaran, y siguió mandándote dinero hasta su muerte. Después de eso yo me hice cargo.

–Mi madre decía que nunca recibió de mi padre ni un centavo.

Marlene la miró compasiva.

–Siento mucho que te enteres de esto ahora, pero Ruth recibió un cheque mensual desde el día que naciste. Hasta que J.D. descubrió que habías dejado la universidad para casarte.

Al parecer el odio que albergaba su madre la había convertido en una consumada mentirosa.

–No me dijo nada de esto… –tenía otra pregunta que hacerle–. ¿Sabes por qué J.D. vino a nuestra casa cuando yo estaba en mi primer año de escuela? Me acordé de él cuando Logan me habló por primera vez de la herencia.

–Fue a decirle a tu madre que Charles había muerto. Ruth solo quería saber quién iba a firmar los cheques a partir de entonces. J.D. insistió en seguir pagando e incluso aumentar la cantidad, pero yo no se lo permití y entonces abrió el fondo a tu nombre.

–Pero ¿por qué nombró a mi madre como beneficiaria secundaria?

–Supongo que creyó que así tendría el control de la situación. Sinceramente creo que quería evitar un escándalo en el que yo pudiera verme implicada, ya que no sabía que Charles me lo había contado todo. independientemente de lo que hiciera mi marido, él y J.D. siempre fueron como uña y carne.

Solo quedaba un elemento a tener en cuenta… La esposa engañada.

–Marlene, no puedo imaginarme lo que has debido de pasar todos estos años, sabiendo que tu marido había tenido una hija con otra mujer. Y encima te preocupaste por que a esa niña no le faltara de nada.

Qué horrible era descubrir que su madre la había traicionado. Al menos ya sabía cómo Ruth había podido hacer frente a los pagos de la casa.

–Te aseguro que no soy ninguna santa, Hannah –replicó Marlene–. Me costó años perdonar a Charles, y siempre le guardé un acérrimo rencor a tu ma-

160

dre. También a ti en muchos aspectos, algo de lo que me avergüenzo profundamente.

Hannah dejó la foto junto a la copa y le agarró la mano a Marlene.

–No te culpo en absoluto. Culpo a mi madre por el engaño. Aunque esto explica por qué siempre parecía amargada y resentida conmigo. Hiciera lo que hiciera por ganarme su aprobación, nunca era suficiente.

–Sin embargo te has convertido en una gran mujer y una madre maravillosa, querida. Y te aseguro que Logan también lo sabe.

Por desgracia eso tampoco sería suficiente para que Logan se quedara con ella.

–Logan es un buen hombre que arrastra un trauma terrible. Espero que algún día se dé cuenta de que merece ser feliz otra vez.

–Con tu ayuda estoy segura de que lo conseguirá.

–Detesto decirte esto, Marlene, pero cuando me marche de aquí no creo que vuelva nunca más.

Marlene frunció el ceño.

–Tenía la esperanza de que volvieras de vez en cuando para conocer a tu hermano.

Su hermano... Se había quedado tan absorta en los detalles que no había vuelto a pensar en Chance.

–¿Sabe algo de mí?

–No, pero pienso decírselo muy pronto. Y espero que tú le digas a Logan lo que sientes por él antes de marcharte.

Era hora de admitir la amarga verdad.

–Logan siempre será un hombre muy especial al que tuve el placer de conocer, pero nada más.

Marlene la miró con escepticismo.

–No intentes engañar a esta vieja, Hannah. Reconozco a una mujer enamorada cuando la veo.

Hannah miró la copa casi llena junto a la foto, pero no le apetecía beber.

–No importa lo que yo sienta por él. Logan ha renunciado al amor. Y es una lástima, porque lo necesita desesperadamente.

–No renuncies tú a él –le pidió Marlene–. Los hombres entran en razón cuando pierden a la mujer de sus sueños. Pero antes de marcharte tienes que convencerlo de que vale la pena luchar por ti. Y luego date la vuelta y aléjate para que se quede dándole vueltas un tiempo.

–Supongo que podría intentarlo.

–Te sorprenderías de lo efectivo que puede ser.

Hannah agarró la foto y volvió a examinarla.

–¿Te importa si me la quedo?

–Claro que no, querida –Marlene se levantó y sonrió–. Y ahora vamos a buscar a ese abogado tan cabezota para que puedas tener la última palabra.

–Parece que va a llover.

Hannah levantó la mirada hacia el cielo. Las nubes grises reflejaban su estado de ánimo.

Le dio una patada a una piedra mientras los dos se alejaban de la casa por un sendero.

–Con suerte no será más que un chaparrón. El tiempo suficiente para que Cassie se eche la siesta.

–Chance confía en que sea un diluvio.

–¿Mi hermanastro? –preguntó ella, mirándolo de reojo para ver su reacción.

–Suponía que Marlene te lo había contado todo.

Su cara de póquer y el tono de su voz le confirmaron a Hannah que él había sabido la verdad antes que ella.

–¿Desde cuándo sabes que Charles Lassiter era mi padre?

–Desde el miércoles.

–¿Y has dejado pasar tres días sin decírmelo?

–Antes de que saques conclusiones precipitadas, Marlene me hizo prometer que no te diría nada hasta que ella hubiese hablado contigo. Ha sido muy duro ocultártelo, pero tenía que respetar sus deseos.

Hannah se encogió de hombros.

–¿Qué son tres días comparados con treinta años? Aun así, no me puedo creer que mi madre nunca me hablara de él, ni de los cheques que recibía de Charles y luego de Marlene durante mis años de estudio.

La expresión de Logan mostró finalmente algo más que frialdad.

–Ese dato no lo sabía, Hannah. Siento que hayas tenido que descubrirlo tan tarde.

Hannah sentía no poder hacer que cambiara de opinión sobre el amor los hijos. Pero ¿quién era ella para alterar sus ideales?

–Ya está hecho, y por mi parte está superado. Tengo una hija maravillosa, una casa y un título universitario. Solo necesito encontrar un trabajo y mi vida estará completa –incluso a ella misma le sonaba una descarada falsedad.

–Podrías buscar trabajo aquí –le sugirió Logan.

Hannah lo miró entre sorprendida y esperanzada.

–¿Para qué iba a querer hacerlo si mi vida está en Boulder?

–Para conocer a tu familia, ya que no vas a aceptar la herencia.

Adiós a sus esperanzas de que Logan estuviera pensando en un futuro con ella.

–Realmente solo está Chance, ya que no sé cómo se tomarán la noticia mis primos –ni siquiera era seguro que su hermano quisiera relacionarse con ella.

–Si vivieras aquí podríamos vernos de vez en cuando –dijo él.

No era ni mucho menos lo que Hannah quería oír.

–¿Para un desahogo ocasional?

Logan frunció el ceño.

–Me conoces lo bastante para saber que te respeto mucho más que eso. Solo pensaba que podríamos ver adónde nos lleva.

Ella sabía exactamente adónde los llevaría. A ninguna parte.

–Vamos a ver… Yo quiero volver a casarme algún día y tener al menos otro hijo. Tú, en cambio, prefieres vivir solo, pasar de una conquista a otra sin compromiso, como el típico soltero. Y como yo no tengo intención de seguir los pasos de mi madre y acabar como la amante de alguien, nuestros caminos se separan inevitablemente, ¿no estás de acuerdo?

Él se detuvo y la miró con un brillo.

—Yo nunca te he considerado como una conquista ni como una posible amante. Solo he pensado que si pasáramos más tiempo juntos…

—¿Decidirías de repente que quieres volver a formar una familia?

—Te dije por qué…

—No quieres sentar cabeza, lo sé. Estás tan atrapado por la culpa y el dolor que no puedes darme lo que necesito. Pero ¿qué hay de lo que tú necesitas?

Él cambió el peso de un pie a otro.

—¿Qué crees tú qué necesito?

—Necesitas perdonarte a ti mismo. No eres el único que ha perdido a un ser querido, pero te has obcecado en castigarte injustamente y llevas ocho años anclado en el pasado. Sinceramente, Logan, ¿crees que así honras la memoria de tu hija? Porque a mí me parece justo lo contrario.

Los ojos de Logan ardieron de furia.

—No metas a Grace en esto.

—Es imposible no hacerlo, Logan, porque en el fondo sabes que tengo razón. Será muy duro si no vuelvo a verte, y sé que se me romperá el corazón como el tatuaje de tu brazo. Pero yo no me rindo, y creía que tú tampoco lo hacías cuando me enamoré de ti como una tonta.

Logan se quedó atónito por la revelación.

–¿Qué has dicho?

–Que te quiero –era demasiado tarde para tragarse sus palabras–. He intentado evitarlo a toda costa. Al principio lo achaqué al deseo y tus habilidades como fontanero. ¿A qué mujer no le gustaría un hombre que sepa arreglar las cañerías? Y también valoré muchísimo tu determinación para que descubriera la verdad sobre mi herencia –tomó aire–. Pero ¿sabes cuándo dejé de cuestionar mis sentimientos?

–No.

–Hoy, cuando te he visto jugar con mi hija. El anhelo que se adivinaba en tus ojos me dejó sin aliento. Lo creas o no estás hecho para ser padre, y bajo esa maldita armadura con la que te proteges el corazón late el deseo por volver a serlo. Pero eso nunca ocurrirá a menos que dejes de castigarte a ti mismo y venzas el miedo a cometer errores.

La tensión y el silencio los envolvieron a pesar del aullido del viento. Hannah esperó unos momentos antes de concluir su sermón.

–Solo quiero lo mejor para ti, Logan, aunque no te lo creas. Y odio haberte hecho daño con la verdad. Rezo por que encuentres la fuerza para volver a amar. Tal vez no sea yo la mujer que necesitas, pero necesitas a alguien.

Por primera vez desde que lo conocía Logan se quedó sin palabras. O a lo mejor estaba demasiado furioso para hablar.

Al no recibir respuesta Hannah decidió tirar la toalla, algo que iba en contra de su naturaleza.

–Si no es mucha molestia, me gustaría volver a tu casa a por mis cosas y mi coche. Tengo que estar de vuelta en Boulder antes de que oscurezca.

Esa vez no se molestó en esperar su respuesta. Se dio la vuelta y echó a andar hacia la casa para recoger a su hija e irse a casa.

Sin embargo, se permitió mirar por encima del hombro y lo vio parado bajo la lluvia, abatido y desconsolado en vez de furioso. Se preguntó entonces si tal vez había esperado demasiado de él y demasiado pronto. Si tal vez había renunciado a él demasiado rápido... Quería, necesitaba desesperadamente creer que volvería con ella.

Pero seguramente fuera pedir demasiado.

El día anterior Logan se había despedido de Hannah y de Cassie después de darles un breve abrazo. En ningún momento había dejado entrever el dolor de su corazón. Desde entonces se había sumido en los remordimientos. Pasó la noche sentado en el suelo de la habitación infantil. Cada vez que se quedaba dormido se despertaba con la sensación de haber cometido el mayor error de su vida al permitir que Hannah se fuera sin luchar por ella.

La había culpado por pisotear su orgullo, cuando todo lo que ella había hecho era mostrarle la amarga verdad. En muchos aspectos había dejado de vivir. Pero no había dejado de amar, porque sabía con una certeza absoluta que estaba enamorado de ella. La amaba. Amaba su ingenio y bondad. Amaba su pasión y dulzura cuando hacían el amor. Amaba que pudiera derretirle el corazón con una sonrisa. Y odiaba no habérselo dicho antes de que se fuera, cuando aún no era demasiado tarde.

A pesar del cansancio se puso en pie de un salto cuando oyó el timbre de la puerta. Bajó corriendo la escalera con la esperanza de ver a Hannah, pero al mirar por la mirilla vio a Chance Lassiter.

–Tienes un aspecto horrible, Whittaker –fue lo primero que le dijo Chance.

Logan se pasó una mano por la mandíbula sin afeitar.

–Yo también me alegro de verte, Lassiter.

Chance entró sin esperar una invitación y se quitó la chaqueta. Luego, sacó un par de calcetines azules del bolsillo y se los entregó a Logan.

–Mi madre me dijo que Cassie se los olvidó en casa. ¿Hannah sigue aquí?

–Se fue a su casa ayer por la tarde.

–Quería hablar con ella. ¿Cuándo piensa volver?

–No creo que vaya a volver en un futuro cercano… Al menos no para verme a mí.

–¿Problemas en el paraíso?

El paraíso había desaparecido en cuanto ella salió por la puerta.

–Supongo que hay cosas que no pueden ser.

–Vaya… –se lamentó Chance–. Esperaba que fueras mi cuñado. Así no dudaría en llamarte cuando necesitara ayuda con el ganado –sus bromas sonaban forzadas, lo cual era lógico. Descubrir que tenía una hermana porque su difunto padre había tenido una aventura debía de ser muy duro de asimilar.

–Claro. Supongo que Marlene te habrá contado la historia de tu padre y de la madre de Hannah.

–Sí, me lo ha contado todo –dejó escapar una carcajada sarcástica–. Te pasas la vida idolatrando a tu padre y después descubres que engañaba a su mujer. Pero al menos he sacado una hermana… Siempre que ella quiera reconocerme como hermano, claro. Si hubiera sabido antes la historia habría hablado con ella ayer, mientras aún estaba en el rancho.

Y si Logan hubiera sabido cómo iba a sentirse no habría dejado marchar.

–Tengo su número y su dirección, por si quieres contactar con ella.

–Lo haré, pero ¿qué vas a hacer tú?

–¿A qué te refieres?

Chance sacudió la cabeza.

–No sabía que fueras tan tonto.

–Mira, Hannah y yo lo pasamos bien un tiempo, pero ya se ha acabado.

Chance entornó amenazadoramente la mirada.

–Estás hablando de mi hermana… Si la has usado y luego te has desecho de ella como si fuera un objeto inservible, lo vas a pagar.

–Yo no uso a las mujeres, y mucho menos a Hannah. De hecho, me he pasado despierto toda la noche pensando en ella.

A Chance pareció satisfacerle la respuesta.

–Sí que te ha dado fuerte… Eso explica por qué estás hecho unos zorros.

Debería haberse mirado al espejo antes de abrir.

–¿Has acabado ya con tus burlas?

–No. No hasta que admitas lo que sientes por Hannah.

–La quiero, maldita sea –listo, ya lo había dicho, y la tierra no se lo había tragado–. ¿Satisfecho?

–Tanto como una ardilla atiborrada de nueces. ¿Todavía quieres estar con ella?

Más de lo que pudiera expresar con palabras.

–Si.

–¿Y qué vas a hacer?

Logan no tenía ni idea.

–Seguro que te mueres por decírmelo.

–No sé lo que mueve a las mujeres… Pero sé que si quieres recuperarla tienes que hacerlo pronto, antes de que tenga tiempo para pensar en el daño que le has hecho.

–La llamaré hoy mismo.

Chance lo miró como si le hubiera propuesto cometer un asesinato.

–No puedes resolver esto por teléfono… Tienes que ir a verla. Hoy.

–Pero…

–Te presentarás en su casa con algo que la obligue a perdonarte.

–¿Flores?

–Sí, las flores están bien. ¿Tienes rosas en tu jardín?

–No. Tendré que comprarlas en algún sitio.

–¿Y uno de esos elegantes trajes de seda?

Logan empezaba a perder la paciencia.

–Soy abogado, Chance. Claro que tengo un maldito traje.

–Lo siento, pero tenía que preguntártelo porque nunca te he visto con un traje completo. Bueno, lo que tienes que hacer es presentarte en tu casa con tu traje y unas flores…

–Se te da muy bien dar consejos para ser soltero.

–Solo quiero que mi hermana sea feliz –declaró Chance en un tono sorprendentemente serio.

Lo mismo que quería Logan. Pero ¿bastarían todas aquellas frivolidades para convencer a Hannah de que le diera otra oportunidad?

–¿Y si me arroja las flores a la cara antes de que pueda hablarle?

Chance le dio un manotazo en la espalda.

–Whittaker, según mi madre Hannah te ama. Si juegas bien tus cartas, dejará que vuelvas con ella. No digo que le propongas matrimonio, porque hace muy poco que os conocéis. Mis padres solo se conocían de un mes cuando se casaron y ya ves cómo salió.

Marlene nunca le había comentado aquel detalle a Logan.

–¿En serio? ¿Solo un mes?

–Solo un mes. Y al cabo de un tiempo él la engañó… No estoy diciendo que tú le hicieras lo mismo a Hannah, ojo.

171

–Ni se te ocurra insinuarlo siquiera –Hannah era todo lo que necesitaba y necesitaría en su vida.

–Mi madre me dijo ayer que a pesar de los defectos y errores de mi padre siempre estuvo segura del amor que sentía por ella… aunque a mí me cuesta creer que un amor tan fuerte pueda existir.

Logan empezaba a creer que ese amor existía entre él y Hannah.

–Espero que puedas perdonar a Marlene. Solo intentaba protegerte de una desagradable verdad.

–A ella la acabaré perdonando –dijo Chance–. Pero a mi padre no estoy seguro.

Logan sabía muy bien lo que era no poder perdonar a alguien.

–Espero que Hannah me perdone por haber tardado tanto en darme cuenta de que mi lugar está junto a ella.

–Te perdonará en cuanto te presentes en su puerta con tu corazón en bandeja.

–¿Seguro que no quieres venir conmigo, Lassiter? Por si quieres hablar con ella después de que lo haga yo.

Chance sonrió, agarró su chaqueta y se dirigió hacia la puerta.

–Tienes que hacerlo tú solo, amigo. Ahora date una ducha, aféitate y ve a por tu chica. ¿Quién sabe? A lo mejor te está esperando…

Capítulo Diez

Hannah salió de casa para ir a tomar con Gina el almuerzo del Día de la Madre, pero se detuvo en seco al ver el Mercedes negro aparcado junto a la acera. Y apoyado contra la puerta del conductor estaba el apuesto y compungido hombre de ojos marrones que la había mantenido en vela casi toda la noche. Llevaba un traje beis con una corbata a juego y una camisa blanca, un ramo de rosas en una mano y un papel en la otra. La identidad quedó definitivamente confirmada cuando esbozó su arrebatadora sonrisa con hoyuelos.

Llegó junto a Logan e hizo acopio de coraje para intentar sonreír.

—¿Qué está haciendo aquí, señor Whittaker?

—Pensé que quizá necesitarías un fontanero.

—Mis cañerías parecen aguantar y no presentan fugas —no como el amor que desbordaba su corazón con una fuerza incontenible—. Al verte así vestido he pensado que te habías perdido de camino a una boda.

—No, pero sí que estaba perdido hasta que te encontré.

A Hannah le dio un vuelco el corazón. Pero aún

no estaba lista para ceder a sus bonitas palabras y su irresistible encanto.

–¿Para quién son las flores?

–Para ti –le ofreció el ramo–. Feliz Día de la Madre.

Ella se llevó las rosas a la nariz para olerlas.

–Gracias.

–¿Dónde está Cassie?

–En casa de los Romero, dos números más abajo. Se quedará ahí mientras yo voy a comer con Gina.

–¿Quién va a vigilarla?

Su tono protector sorprendió gratamente a Hannah.

–Frank, el marido de Gina. Está acostumbrado a cuidar de sus hijos cuando Gina y yo tenemos planes.

–Parece una labor tremenda.

–Es un padre maravilloso y además ha practicado mucho.

–Supongo que la práctica es lo que lleva a la perfección.

–Ningún padre es perfecto, Logan.

–Empiezo a darme cuenta de eso.

Cuánto le gustaría a ella creerlo… Pero le costaba aceptar que Logan hubiese visto por fin la luz.

Señaló el papel que aferraba en el puño.

–¿Qué es eso?

–Las condiciones de la renta vitalicia, que incluyen la clausula de confidencialidad –desdobló la hoja, la rompió en dos y arrojó los restos–. Según lo que has decidido, ya no tiene ninguna validez.

–Vaya por Dios… –no pudo resistirse a burlarse un poco–. Anoche decidí firmar y aceptar el dinero.

–¿Lo dices en serio?

Hannah ahogó una risita.

–Claro que no. Podría haber hecho muchas cosas con ese dinero, pero ya tengo todo lo que necesito. Sobre todo ahora que el futuro de Cassie está asegurado gracias a mi familia política.

–¿Todo?

Todo salvo el amor de Logan.

–Lo bastante para mantenerme hasta que encuentre un trabajo. Y lo encontraré, aunque tenga que dedicarme a freír hamburguesas.

–Marlene me ha dicho que van a abrir una escuela rural entre mi casa y el Big Blue. Necesitan una profesora de biología.

–¿Estás diciendo que debería vender mi casa y trasladarme con mi hija en medio de la nada?

–Como te dije antes, así tendrías la oportunidad de conocer mejor a tu hermano. Y también nosotros.

Logan iba a tener que esforzarse mucho más.

–Ya hemos hablado de esto, Logan. Lo que yo quiero es…

–Un hombre que pueda prometerte un futuro y más hijos.

–Exacto.

Un destello de emoción se reflejó en los ojos de Logan.

–Yo puedo ser ese hombre, Hannah. Deseo serlo.

Su declaración la desconcertó.

–Si eso es cierto, ¿qué te hizo cambiar de opinión tan de repente?

–Lo que me dijiste de que no estaba honrando la memoria de Grace. Me quedé sentado toda la noche en esa habitación con las princesas en las paredes y tuve una larga charla con mi hija, por disparatado que te parezca.

¿Cuántas veces había hablado ella con Danny en su cabeza?

–No es disparatado. Es lo que tendrías que haber hecho hace mucho.

–Sea como sea, por primera vez desde el funeral me puse a llorar como un niño. Pero no solo por Gracie, sino por la idea de perderte.

Era evidente que la confesión le estaba costando. Quería abrazarlo y decirle que todo saldría bien.

–¿Estás seguro de que puedes comprometerte conmigo y con Cassie cuando llegue el momento?

–Sí, Hannah –afirmó él rotundamente–. También sé que puedo ser un buen padre para Cassie. ¿Quieres saber cómo lo he sabido?

–Sí.

Él bajó la mirada y pisoteó una mata de hierba antes de volver a mirarla.

–Cuando estaba jugando con Cassie en el heno. Se resbalaba continuamente y yo la agarraba, pero una vez no logré sujetarla a tiempo y hubiera caído al suelo de no haberse sujetado ella misma. Me llevé un susto de muerte, pero aprendí que los niños son muy resistentes y que no puedes estar encima de ellos todo el tiempo. Por mucho que te esfuerces en protegerlos hay veces que no es suficiente, pero no puedes pasarte la vida permitiendo que el miedo al fracaso te paralice.

Era una lección que todo el mundo debería aprender. Por desgracia, a Logan le había tocado aprenderla por las malas.

–Cassie está enamorada de ti, Logan. De camino a casa me dijo que serías un buen papá, y tiene razón. Yo lo he sabido desde el principio, y me alegra que al fin te hayas dado cuenta.

–¿Aún cree que soy un príncipe?

–También yo lo creo. Todavía tienes que mejorar mucho, aunque las flores te han hecho ganar muchos puntos.

Él la agarró de la mano.

–¿Y si te dijera que no puedo imaginarme mi vida sin ti?

Hannah apenas podía contener las lágrimas.

–Mucho mejor.

Él tiró de ella.

–¿Y si te digo que te quiero?

Imposible seguir conteniendo las lágrimas.

–¿De verdad?

Él la besó en la mejilla.

–De verdad. No esperaba volver a enamorarme de nadie. No esperaba conocer a alguien como tú. Y aunque ninguno de los dos sepamos lo que nos depara el futuro, sé muy bien lo que quiero.

Hannah sorbió ruidosamente por la nariz.

–¿Quieres que me compre maquillaje resistente al agua a partir de ahora?

Logan le respondió con su adorable sonrisa.

–No. Quiero que nos demos una oportunidad. Te prometo que haré todo lo que esté en mi mano para que funcione.

–Yo también te lo prometo. Te quiero, Logan.

–Y yo a ti, cariño.

La besó con una ternura exquisita, sellando el voto que habían hecho en aquel momento y los votos que estaban por llegar.

–Parece que el almuerzo se ha cancelado.

Hannah se apartó de Logan y vio a Gina mirándolos boquiabierta.

–Me temo que tendremos que posponerlo hasta el año que viene.

Gina se encogió de hombros.

–No pasa nada. Frank ha pillado un catarro y me sentiría culpable si lo dejara a cargo de tres críos… y aún me sentiría peor si fastidiara este maravilloso encuentro. Aunque me duele romper una larga tradición.

–Te propongo algo, Gina –dijo Logan mientras abrazaba a Hannah–. Si me dejas que me lleve a mi chica a comer, os ofrezco una noche para ti y tu marido. Nosotros nos quedaremos con los niños.

Gina abrió los ojos como platos.

–¿Qué tal esta noche? Sería la mejor cura para Frank.

–Por mí bien –dijo Logan, volviéndose hacia Hannah–. ¿Qué dices tú?

–De acuerdo.

–Trato hecho –dijo Gina–. Buen provecho... y reservaos para los postres.

Se marchó y Hannah volvió a besar a Logan.

–Tengo que practicar mucho, para cuando tengamos tres hijos. O cuatro.

Sus palabras le sonaron a Hannah como música celestial.

–No corras tanto, vaquero. Primero tienes que casarte conmigo, fontanero.

–Tal vez lo haga antes de lo que crees.

Las últimas seis semanas habían sido frenéticas y llenas de cambios. Hannah había vendido la casa y se había instalado en el Big Blue por el bien de su hija; durante el día estaba con Logan y también habían compartido algunas noches, gracias a la generosidad de Marlene. Aquella mujer era una santa y Cassie empezó a llamarla abuela.

Lo mejor de todo fue cuando Hannah se enteró de que le habían concedido el puesto de profesora y que comenzaría en otoño. Las cosas no podían ir mejor, y aquella noche ella y Logan pensaban celebrarlo saliendo a cenar y alojándose en un hotel de Denver. Pero si no se daba prisa en arreglarse Logan se iría sin ella.

Rápidamente se puso los pendientes de diamantes que él le había regalado dos semanas antes para celebrar que hacía un mes que se conocían. Albergaba la secreta esperanza de que le regalase otra joya para el dedo, pero no tenía ninguna duda de que tarde o temprano la recibiría.

Se dio los últimos retoques ante el espejo, se ajustó el vestido blanco de satén y, tras agarrar el bolso y colgarse al hombro la bolsa de viaje, salió del dormitorio y recorrió el pasillo.

Se quedó sin aliento cuando vio a Logan al pie de la escalera, impecable con un esmoquin negro y una pajarita plateada. Calzaba unos zapatos italianos.

Hannah bajó flotando los escalones y aceptó la mano que él le ofrecía.

—¿Qué has hecho con mi abogado vaquero?

—Según tu hija, esta noche tengo que ser un príncipe. Y esto es lo más cerca que puedo estar de parecer uno, porque me niego a llevar leotardos.

Ella lo besó en el cuello.

—Pagaría gustosa por verte en leotardos.

—Ahórrate el dinero, porque eso no va a pasar.

—Qué lástima…

Él sonrió y le ofreció el brazo.

—¿Lista, señorita Armstrong?

—Lista, príncipe Logan. Sácame de aquí.

En vez de llevarla hacia la puerta, Logan la condujo por el pasillo hacia el salón. Allí se había congregado una inesperada multitud. Marlene lucía un bonito vestido blanco de gasa. Chance llevaba unos vaqueros oscuros y una camisa azul marino. Cassie destacaba con su vestido rosa de princesa y su fular de plumas. Y por encima de todos descollaba el elegante porte de Walter Drake.

–¿Has organizado una fiesta a mis espaldas? –le preguntó a Logan cuando él la colocó junto a la chimenea.

–Pues sí. Y tú eres la invitada de honor.

Los aplausos se elevaron en la sala, acompañados por unos cuantos silbidos, cortesía de Chance. Su hermanastro se había convertido en alguien muy especial para ella y en un tío magnífico para Cassie, a quien en esos momentos tenía en brazos.

–Antes que nada quiero agradeceros a todos que hayáis venido –empezó Logan, hablando como un abogado con su ligero acento texano–. Pero antes de comenzar la celebración hay algo importante que quiero preguntarle a una mujer.

No se atrevería a… Hannah aguantó la respiración hasta que sintió que iba a explotarle el pecho.

–Cassie, ven aquí –la llamó Logan, sentándose en el escalón de la chimenea.

Chance dejó a Cassie en el suelo y la niña corrió todo lo rápido que le permitían sus zapatitos rosas. Se encaramó al regazo de Logan y le echó los brazos al cuello.

–Cariño, tú sabes que os quiero mucho a ti y a ti mamá, ¿verdad?

Ella asintió con vehemencia, agitando sus tirabuzones rojizos.

–Ajá.

–Y también sabes que nunca intentaré ocupar el lugar de tu padre.

–Mi papá está en el cielo.

–Eso es. Pero a mí me gustaría ser tu papá en la tierra, si te parece bien.

–A mí también me gustaría que fueras mi papá en la tierra –afirmó Cassie.

Hannah se llevó la mano a la boca para ahogar un sollozo cuando vio la expresión de puro amor en los ojos de su hija y de Logan.

Logan besó a Cassie en la frente y la dejó en el suelo.

–Ahora, si me lo permites, tengo que preguntarle algo a tu madre.

–Claro –respondió Cassie con una sonrisa de oreja a oreja, y miró a su madre, quien apenas podía contener las lágrimas–. Te lo dije, mamá. Logan es un príncipe.

Volvió corriendo junto a su tío mientras Logan se levantaba y se colocaba frente a Hannah, mirándola fijamente.

–Quiero despertarme a tu lado cada mañana y acostarme contigo cada noche. Quiero encontrar el equilibrio entre el trabajo y la familia. No quiero sustituir al padre de Cassie, pero quiero ser el mejor padre que pueda ser para ella. Y quiero que tu rostro sea lo último que vea antes de abandonar este mundo. Por lo tanto, Hannah Armstrong, quiero más que nada que seas mi mujer.

La sala se había quedado sumida en un silencio sepulcral, y Hannah juraría que todos podían escuchar los frenéticos latidos de su corazón. No había tiempo para un comentario ingenioso. Ni para las dudas ni preguntas. Solo había una respuesta posible a la petición de Logan.

–Sí, seré tu mujer.

Logan la besó mientras todos rompían a aplaudir y sacó un estuche de terciopelo negro del bolsillo. Dentro había un precioso anillo de diamante de corte esmeralda.

–Esto debería sellar el trato –dijo mientras lo sacaba del estuche y se lo deslizaba en el dedo.

Hannah lo observó a la luz.

–Cielos… Podría rivalizar con las Montañas Rocosas. Voy a necesitar un cabestrillo para poder llevarlo.

Logan se inclinó para susurrarle al oído.

–Tú siempre tan graciosa… Pero es lo que me gusta de ti. Te quiero.

Ella le dedicó una pícara sonrisa.

–Yo también te quiero, y me encanta el anillo.

El sonido del corcho indicó que la fiesta había comenzado. Marlene se encargó de servir el champán a todos los que tenían edad suficiente.

–¿Puedo tomar un poco? –preguntó Cassie, y recibió un rotundo «¡No!» de Logan y Hannah.

–Vas a ser de gran ayuda cuando cumpla dieciséis años y los chicos empiecen a acosarla –le dijo Hannah.

–No va a salir con nadie hasta que cumpla los veintiuno –declaró él, muy serio.

–Y yo soy la princesa de Rumanía –se burló ella, aunque aquella noche se sentía realmente como una princesa. Una princesa amada y feliz gracias a su impredecible príncipe.

Siguieron unos cuantos brindis, muchas felicitaciones y un montón de besos y abrazos. Finalmente Logan llevó a Hannah a la limusina negra que los esperaba en el exterior, una sorpresa más en el inagotable repertorio de su prometido. Toda su relación con Logan había sido una increíble sorpresa.

Una vez sentados el uno al lado del otro, con la mampara aislándolos de la parte delantera, Logan la besó con toda la pasión que habían descubierto juntos.

–¿Te ha gustado mi propuesta de matrimonio? –le preguntó cuando se detuvieron para tomar aire.

–Ha estado bien. Esperaba que te presentaras vestido de fontanero y con el anillo en una llave inglesa.

Logan se puso serio.

–He abierto un fondo fiduciario a nombre de Cassie, por si quieres decirles a tus exparientes políticos que rechazas el dinero.

–Me encantaría decirles lo que pueden hacer con el fideicomiso y el control… Y no creo que les importase mucho. Pero si deciden que quieren volver a verme no sería justo privarlos de Cassie –igual que a ella la habían privado de su padre.

–Nos ocuparemos de eso cuando sea necesario. Juntos –abrió una botella de champán y llenó las dos copas disponibles–. Por nuestro futuro y nuestra familia.

Hannah brindó con su copa.

184

–Y por las bodas. Lo que me recuerda que…
¿Cuándo vamos a hacerlo?

Logan le puso la mano libre en el muslo.

–Este asiento es lo bastante grande… Voto porque lo hagamos ahora.

Ella le dio un codazo en las costillas.

–Sabes a lo que me refiero. ¿Cuándo vamos a casarnos?

Él puso una mueca de decepción que enseguida
se transformó en una encantadora sonrisa.

–Estoy pensando que tal vez el Cuatro de Julio.

Una fecha tan cercana apenas dejaría tiempo para
preparar la boda. Pero puesto que se trataba del segundo matrimonio para ambos no haría falta planear
gran cosa.

–¿Sabes qué? La gente pensará que estoy embarazada si nos casamos tan pronto.

Él la besó en el cuello.

–Pues será mejor no defraudarlos.

Genial. Más rumores, como si la familia Lassiter
no tuviera ya bastantes. Pero así era todo más emocionante…

–El Cuatro de Julio, entonces. Así tendremos
fuegos artificiales.

Logan le guiñó un ojo.

–Fuegos artificiales el Día de la Independencia
para mi hermosa mujer independiente… Me parece
perfecto.

Era una mujer independiente, una madre soltera
y por un tiempo hasta heredera secreta. Pero sobre

todo era una mujer enamorada de un hombre que le había brindado una increíble sensación de libertad.

Mirando el atractivo rostro de su novio, se sintió plenamente preparada para comenzar la celebración de su vida. Empezando en aquel preciso instante.

No te pierdas *Pétalos de amor,*
de Yvonne Lindsay,
el próximo libro de la serie
DINASTÍA: LOS LASSITER
Aquí tienes un adelanto...

Jenna se había devanado los sesos en diseñar la corona que una familia le había encargado para el funeral de su abuela, el miércoles próximo. La tenía casi lista y solo faltaba que los proveedores le proporcionaran el tipo de lilas que habían sido las favoritas de la difunta.

El timbre de la puerta la avisó de la llegada de un cliente. Esperó a ver si su nueva ayudante a media jornada lo atendía, pero el tintineo de la campanilla del mostrador le confirmó que Millie estaba en el cuarto frío al fondo del local o, mucho más probable, hablando con su novio por teléfono en la calle.

Se dijo que tendría una charla con ella sobre la importancia de dedicar el horario laboral al trabajo y se levantó de la mesa para dirigirse hacia la sala de muestras con su mejor sonrisa profesional.

La sonrisa se le congeló en el rostro, sin embargo, al encontrarse con Dylan Lassiter en toda su gloria. Estaba de espaldas a ella, observando los ramos que Jenna conservaba en los expositores refrigerados a lo largo de una pared.

Su reacción fue instantánea: una arrolladora sucesión de calor, deseo y horror. La última vez que lo vio fue en el guardarropa donde se habían refugiado para liberar la tensión sexual que amenazaba con quemarlos a ambos. La pasión desatada había sido tan feroz que casi fue un alivio que Dylan volviera a su base en Los Ángeles.

Casi.

Jenna reprimió el impulso de protegerse el vientre con una mano. Desde el momento que descubrió que estaba embarazada había sabido que tendría que decírselo. Pero no había pensado que fuera tan pronto. Al principio le había guardado rencor por no ponerse en contacto con ella desde aquel único e increíble encuentro. Entendía que estuviera demasiado ocupado para llamarla después de que su padre muriera durante la cena de ensayo de la hermana de Dylan, pero ¿y más tarde, cuando todo empezaba a volver a la normalidad?

Había conseguido convencerse de que no quería ni necesitaba las complicaciones intrínsecas de una relación. Y menos en esos momentos de su vida y con alguien tan importante como Dylan Lassiter. Jenna se había pasado años intentando reconstruir su reputación y había tomado la firme decisión de no llamarlo. Su orgullo femenino se resentía de que tampoco él la llamara, pero iba a tener que superarlo y ocuparse de unos asuntos mucho más acuciantes.

Deseo

SECRETOS DE UN MATRIMONIO

NALINI SINGH

Lo único en lo que podía pensar Caleb Callaghan cuando, después de separarse, su esposa Vicki le comunicó que estaba embarazada, era en reconciliarse con ella. Esa vez el matrimonio funcionaría, y no importaba lo que tuviera que hacer para conseguirlo.

Pero quizá el precio de Vicki fuera demasiado alto. Quería algo más que amor... exigía que entre ellos hubiera total sinceridad. Sin embargo, había algo en el pasado de Caleb que él no podía contarle. Porque la verdad podría destruirlos.

Todos los matrimonios tienen sus secretos...

¡YA EN TU PUNTO DE VENTA!

Acepte 2 de nuestras mejores novelas de amor GRATIS

¡Y reciba un regalo sorpresa!

Oferta especial de tiempo limitado

Rellene el cupón y envíelo a
Harlequin Reader Service®
3010 Walden Ave.
P.O. Box 1867
Buffalo, N.Y. 14240-1867

¡Si! Por favor, envíenme 2 novelas de amor de Harlequin (1 Bianca® y 1 Deseo®) gratis, más el regalo sorpresa. Luego remítanme 4 novelas nuevas todos los meses, las cuales recibiré mucho antes de que aparezcan en librerías, y factúrenme al bajo precio de $3,24 cada una, más $0,25 por envío e impuesto de ventas, si corresponde*. Este es el precio total, y es un ahorro de casi el 20% sobre el precio de portada. !Una oferta excelente! Entiendo que el hecho de aceptar estos libros y el regalo no me obliga en forma alguna a la compra de libros adicionales. Y también que puedo devolver cualquier envío y cancelar en cualquier momento. Aún si decido no comprar ningún otro libro de Harlequin, los 2 libros gratis y el regalo sorpresa son míos para siempre.

416 LBN DU7N

Nombre y apellido	(Por favor, letra de molde)

Dirección	Apartamento No.	

Ciudad	Estado	Zona postal

Esta oferta se limita a un pedido por hogar y no está disponible para los subscriptores actuales de Deseo® y Bianca®.
*Los términos y precios quedan sujetos a cambios sin aviso previo.
Impuestos de ventas aplican en N.Y.

SPN-03   ©2003 Harlequin Enterprises Limited